O ROMANCE
DE 30

SÉRIE BÁSICA

J. H. Dacanal
O ROMANCE
DE 30

BesouroBox

4ª edição / Porto Alegre/RS / 2018

Capa e projeto gráfico: Marco Cena
Revisão: J. H. Dacanal
Coordenação editorial: Maitê Cena
Produção editorial: Bianca Diniz e Jorge Meura
Assessoramento gráfico: André Luis Alt

Dados Internacionais de Catalogação na Publicação (CIP)

D117n   Dacanal, José Hildebrando
        O romance de 30. 4. ed. Porto Alegre, BesouroBox, 2018.
        124 p.

        ISBN: 978-85-5527-067-3

                      CDU 869.0(81)-31"193"
                      869.0(81)-31.09

Índices alfabéticos para catálogo sistemático	
Literatura brasileira: Romance: Década de 30	869.0(81)-31"193"
Romance: Literatura brasileira: Década de 30	869.0(81)-31"193"
Literatura brasileira: Romance: Crítica	869.0(81)-31.09
Romance: Literatura brasileira: Crítica	869.0(81)-31.09
Crítica: Romance: Literatura brasileira	869.0(81)-31.09

Direitos de Publicação: © 2018 Edições BesouroBox Ltda.
Copyright © José Hildebrando Dacanal, 2018.

Todos os direitos desta edição reservados a
Edições BesouroBox Ltda.
Rua Brito Peixoto, 224 - CEP: 91030-400
Passo D'Areia - Porto Alegre - RS
Fone: (51) 3337.5620
www.besourobox.com.br

Impresso no Brasil / Abril de 2018

SUMÁRIO

O romance de 30
Os primórdios do Brasil moderno......................................11

As obras

1 São Bernardo 27

2 Vidas secas 37

3 Terras do sem fim 43

4 Capitães da areia 49

5 Fogo morto 55

6 Os Corumbas 75

7 Os ratos 79

8 Memórias do Coronel Falcão 85

9 Fronteira agreste 91

10 O tempo e o vento – 1 97

11 O tempo e o vento – 2 107

12 Cyro Martins: a classe média se politiza 115

NOTA À 4ª EDIÇÃO

Escrito a partir de 1969 e editado pela primeira vez em 1982, *O romance de 30* teve boa aceitação entre professores e estudantes de literatura, talvez pela própria despretensão com que seus ensaios procuram transmitir algumas informações básicas sobre um dos períodos mais importantes da história da ficção brasileira.

Esta quarta edição – acrescida de comentários, escritos em 1999, sobre *Vidas secas*, *Capitães da areia*, *Os ratos* e *O tempo e o vento* – mantém a versão original em sua íntegra, salvo algumas correções estilísticas e técnicas de menor importância. Aliás, tendo em vista não desfigurar a obra original, preferi, mesmo pagando o preço de ser repetitivo em alguns momentos, anexar ao primeiro o segundo ensaio sobre *O tempo e o vento* ao invés de fazer deles uma única versão compósita. Talvez seja adequado lembrar ainda que *30 romances brasileiros*, desta mesma Editora, analisa e discute mais amplamente a maior parte das obras aqui comentadas.

J. H. Dacanal
Abril de 2018.

O ROMANCE DE 30

O ROMANCE DE 30:
OS PRIMÓRDIOS DO BRASIL MODERNO

Toda arte é, por evidência, integrante e produto das estruturas históricas da comunidade em que surge. E, sendo assim, traz em si, mais ou menos transformadas e elaboradas, as estruturas econômicas, sociais e culturais desta mesma comunidade. Não fosse assim, se poderia afirmar, no limite, que *O tempo e o vento* nos faz retornar à Atenas do apogeu no século V antes de Cristo e que *Antígone* nos transmite a visão de mundo da oligarquia rural decadente do Rio Grande do Sul na primeira metade do século XX. Ou que *Grande sertão: veredas* torna perene a atmosfera de decadência de uma velha metrópole europeia e que *Em busca do tempo perdido* revela a visão de mundo dos caboclos do sertão brasileiro quando este começava a desaparecer diante do avanço da civilização lógico-racional da costa urbanizada.

Se o que foi dito acima é verdade inegável quando referido à arte em geral, muito mais o é no caso da narrativa realista/naturalista tradicional. Isto é, no caso daquela narrativa em que são apresentados de forma direta os modos de existência de sociedades concretas ou supostamente concretas.

Não é difícil, por exemplo, ao se acompanhar a evolução de quase dois séculos do romance brasileiro, perceber um crescimento progressivo daquilo que se poderia chamar de *consciência histórica das elites* – só elas sabiam escrever – da costa atlântica e de suas imediações. Esta evolução vai da ingenuidade histórica e do escamoteamento do processo socioeconômico – Manuel Antônio de Almeida, Joaquim Manuel de Macedo – à percepção mais ou menos clara da completa desagregação de determinada ordem de valores sob o violento impacto da industrialização e da urbanização aceleradas na década de 1970 (Rubem Fonseca, Antônio Torres, Sérgio Sant'Anna etc.). Passando, evidentemente, pela *má consciência* de Alencar (*Senhora*, *Lucíola*), pelo ódio sutil mas arrasador de Machado de Assis e Raul Pompéia, pela audácia temática de Adolfo Caminha (*Bom-Crioulo*), pela visão *teórica* de Aluísio Azevedo, pelo mundo impregnado de dor e desconcerto de Lima Barreto e pela exposição clara e linear das mazelas da sociedade brasileira no chamado *romance de 30*, que é o tema deste ensaio.

Não importa que o conceito de *romance de 30* tenha sido e continue sendo usado de forma pouco rigorosa ou, até, que não possa ser definido com a precisão desejável. O fundamental é que ele identifica um fato claramente constatável no contexto da evolução da ficção brasileira: nunca antes em período de tempo tão curto tantos autores haviam escrito tantas obras temática e estruturalmente tão próximas entre si. Foi, ao que tudo indica, a partir desta evidência e tendo-se por base a década do século XX em que começaram a surgir tais autores e obras, que nasceu o conceito.

Na tentativa de, se possível, torná-lo preciso e, se viável, delimitá-lo, o conceito deve ser elaborado a partir de três perguntas fundamentais:

1 – O que é *o romance de 30*?

2 – Quais as suas características principais?

3 – Qual o contexto histórico em que surge e que revela?

1 – O que é o romance de 30?

Romance de 30 foi a denominação dada – não se sabe quando nem por quem – a um conjunto de obras de ficção escritas no Brasil a partir de 1928, ano da primeira edição de *A bagaceira*, de José Américo de Almeida, o qual, como está implícito, integra o grupo de autores obviamente qualificados de *romancistas de 30*.

Este grupo não é homogêneo nem bem definido. Dele, além do já citado José Américo de Almeida, fazem parte, sem que ninguém discorde, Graciliano Ramos, Jorge Amado, Erico Verissimo, José Lins do Rego,

Cyro Martins, Raquel de Queiroz, Ivan Pedro de Martins e Aureliano de Figueiredo Pinto. Todos eles produziram obras de ficção de temática agrária e escreveram ou começaram a escrever na década de 1930, pelo que também foram chamados de *regionalistas de 30* ou *neo-regionalistas*. Este último termo recorda implicitamente a existência de autores *regionalistas*[1] no séc. XIX (Bernardo Guimarães, Franklin Távora, Oliveira Paiva etc., conhecidos autores de obras de temática agrária).

Há, porém, romancistas como Lúcio Cardoso, Cornélio Pena, Octávio de Faria, Dyonélio Machado, Cyro dos Anjos, Amando Fontes, João Alphonsus (*Totonho Pacheco*) e Guilhermino Cesar (*Sul*), que também escreveram a partir da década de 1930 dentro de uma linha realista/naturalista e que para muitos, portanto, também deveriam ser abrangidos pelo conceito de *romancistas de 30* ou *neo-realistas*. Mas, sendo assim, Adonias Filho, que não pode ser qualificado rigorosamente de narrador realista, não se integra bem no grupo. E Jorge de Lima, com seu estranho *Calunga*? E Octávio de Faria, que se enquadra em todos os itens que definem um *romancista de 30*, menos no da temática agrária? Sua obra monumental, que reflete uma parcela muito específica da sociedade do Brasil de então – a dos estratos médios de tradição espiritualista

---

1 O conceito de *regionalismo* é muito problemático. V. "Regionalismo, colonialismo e universalismo". In: *Dependência, cultura e literatura*. São Paulo: Ática, 1978. Col. Ensaios.

católica, particularmente da antiga capital, ligados umbilicalmente à pequena burguesia católica parisiense – nada tem a ver tematicamente com a de José Lins do Rego, por exemplo. E os demais, os que produziram a partir de 1940 ou de 1950 (Fernando Sabino, Marques Rebelo, Hermilo Borba Filho etc.)? E as obras escritas por *romancistas de 30* nas décadas de 1960, 1970 e até – é o caso de Jorge Amado – de 1980? Mais ainda: mesmo típicos *regionalistas de 30* como Erico Verissimo, Jorge Amado e Graciliano Ramos escreveram obras de temática urbana. E algumas delas fundamentais, como é o caso de *São Jorge dos Ilhéus*, *Capitães da areia*, *Angústia* e *O resto é silêncio*!

Como se pode observar, o conceito é bastante impreciso, o que não é de admirar, pois faz justiça ao furor catalogatório de um racionalismo decadente que fetichiza as palavras[2] e que nunca teve notícia da fala de Mefistófeles a Fausto: "Cinzenta, meu amigo, é toda a teoria e verde a dourada árvore da vida". Quer

---

2 O ser colonizado, não tendo, por ser dominado, o efetivo conhecimento do mundo e a real experiência da vida, tenta preencher esta lacuna através do fetichismo das palavras. Os exemplos pululam, em todos os setores. Tome-se, no campo da literatura, a palavra *romântico*. O que se pretende identificar com ela é tão heterogêneo e inorganizável que ela absolutamente nada significa. Mas o literato colonizado não se pergunta pelo significado dela, pela parcela de realidade que ela nomeia, indica. Para ele – e para os coitados dos seus alunos! – esta palavra é a *explicação da obra assim qualificada e dá o conhecimento sobre a mesma*. Este fetichismo, que é atribuir a algo um poder que ele absolutamente não possui, é produto da impotência do colonizado em conhecer o mundo e, mais, é a inversão do processo do conhecimento na tradição do racionalismo ocidental. Quer dizer, as categorias, os conceitos, não são *produto da dissecação do real*. Pelo contrário, na visão do colonizado, *o determinam*!

dizer, a realidade é bem mais complexa do que pensa a vã filosofia da catalogação, em particular no setor das ciências humanas e da chamada *Literatura*.

Seja como for, é possível fazer uma seleção das obras mais importantes dos romancistas que começaram a produzir por volta do início da década de 1930 ou pouco depois. Estas obras são: *São Bernardo*, *Vidas secas*, *Angústia*, *O tempo e o vento*, *Banguê*, *Fogo morto*, *Terras do sem fim*, *Capitães da areia*, *São Jorge dos Ilhéus*, *A bagaceira*, *O quinze*, *Os Corumbas*, *Os ratos*, *Estrada nova*, *Porteira fechada*, *Fronteira agreste* e *Memórias do coronel Falcão*. Dificilmente esta seleção poderia ser qualificada de aleatória em seu todo. Tudo indica, pelo contrário, que esta lista reúne o que de mais importante foi produzido na ficção brasileira escrita entre 1928 e, mais ou menos, 1960. É necessário excluir, claro, *Grande sertão: veredas*, que é uma obra com outras características.[3]

Partindo deste pressuposto, comumente aceito pelos leitores mais ou menos alfabetizados, e tomando estes romances como núcleo básico, sem esquecer outros possíveis dos mesmos e de outros autores, pode-se, didaticamente, estabelecer algumas características essenciais que definiriam o que, a partir de agora, será chamado simplesmente de *romance de 30*, expressão que se pouco ajuda também não complica, ao contrário de outras como *neo-realistas, regionalistas, neo-regionalistas* etc.

---

3 *Riobaldo e eu*, 2.ed., Porto Alegre: BesouroBox, 2016.

2 – Suas características principais

Estas características poderiam ser resumidas em sete, das quais as três primeiras são de natureza técnica e as demais de natureza temática.

a) O *romance de 30* se atém à verossimilhança, seguindo à risca a tradição da ficção realista/naturalista europeia (séc. XVIII e XIX) e brasileira (séc. XIX). Quer dizer, o que é narrado é verossímil, é *semelhante à verdade*. Se não aconteceu, poderia ter acontecido no mundo real, histórico. As forças que vigem no mundo narrado *são* as do mundo real. Não há quebra de leis físicas e biológicas, não há a intervenção de forças divinas ou diabólicas. Enfim, é um mundo laicizado (o que o diferencia, por exemplo, de obras como *Grande sertão: veredas* e de outras que começam a aparecer no Brasil e na América Latina por volta de 1950).

b) Em termos de estrutura narrativa, isto é, a forma como são apresentados os fatos narrados, o *romance de 30* é, fundamentalmente, linear. Isto significa que há uma correspondência cronológica entre a ocorrência dos eventos narrados e o lugar que ocupam no desenrolar da narração. É claro que esta linearidade não é exatamente a que vemos em *Robinson Crusoé* ou em *A Moreninha*. Seja em *São Bernardo*, *Fogo morto* ou *O tempo e o vento*, a rigidez absoluta da narrativa linear é rompida. Contudo, este rompimento nunca é tão violento que impeça qualificar tais obras como "histórias com início, meio e fim". Tecnicamente, esta linearidade que poderia ser chamada de "prática" é produto da presença constante do narrador em terceira pessoa ou, mais raramente, em primeira, como é o caso de *São Bernardo*.

c) O *romance de 30* é escrito numa linguagem filtrada pelo chamado *código urbano culto*. Em outras palavras, tanto o narrador quanto as personagens falam o português segundo as normas gramaticais próprias dos grupos urbanos da costa atlântica, mesmo quando utilizam – é o caso das personagens, exclusivamente – termos ou expressões não pertencentes àqueles grupos urbanos. Por outro lado, esta filtragem é o que garante a possibilidade do uso da linguagem coloquial e, consequentemente, sua aceitação pelo leitor – urbano, evidentemente! – da obra. Em resumo, o *romance de 30* está muito longe do artificialismo linguístico de alguns romancistas brasileiros do séc. XIX mas não escapa ao espaço urbano e às suas normas gramaticais. As poucas exceções – *Fronteira agreste* e alguns romances de Jorge Amado – mostram que o uso de níveis linguísticos diferentes não funciona em virtude do estranhamento e do desconforto que daí resultam para o leitor, pois o narrador sempre utiliza o código urbano culto, deixando a personagens secundárias e analfabetas o uso da linguagem "errada". Nem é preciso lembrar que por trás disto tudo está o fracionamento socioeconômico e cultural do país.

d) O *romance de 30 fixa diretamente estruturas históricas perfeitamente identificáveis* por suas características econômicas e sociais. As personagens são integrantes destas estruturas, aceitando-as, lutando por transformá-las ou sendo suas vítimas. Ao contrário do que ocorre com quase todo o romance brasileiro do séc. XIX, não é preciso nem *interpretar* nem desvelar nada. A realidade histórica, em seus elementos econômicos e sociais, é agora parte que integra de forma imediata – sendo muitas vezes a mais importante – o enredo.

e) Estas estruturas históricas *são geralmente agrárias*. Ou então – o que cobre praticamente todas as grandes obras do *romance de 30*, se excetuarmos *Capitães da areia* e *Os ratos* –, as personagens vivem no espaço urbano mas procedem do mundo agrário, do que resultam conflitos não poucas vezes centrais no desenvolvimento do enredo (*Os Corumbas*, entre muitos outros).

f) Os *romancistas de 30* têm uma *perspectiva crítica* – às vezes até panfletária – em relação às características econômicas, sociais e políticas das estruturas históricas apresentadas. Em resumo, a desordem reina no mundo e é preciso consertá-lo através da ação dos indivíduos ou dos grupos interessados nas mudanças.

g) O *romance de 30* está impregnado de um *otimismo* que poderia ser qualificado de *ingênuo*. A miséria, os conflitos e a violência existem, mas tudo isto pode ser solucionado, principalmente *porque o mundo é compreensível*. E, portanto, reformável, se preciso e quando preciso. Basta a vontade dos indivíduos e/ou do grupo para que a consciência, que domina o real, o transforme. Esta fé na possibilidade de apreender o mundo, esta inocência para a qual não há clivagem entre o real e o racional, e vice-versa, é um dos elementos mais característicos das grandes obras do *romance de 30*. Mesmo em *São Bernardo*, onde os conflitos individuais se apresentam com extrema violência, estamos muito longe, mas muito mesmo, da desordem, do caos e do niilismo que impregnam a ficção urbana brasileira dos anos de 1970/80.

3 – O contexto histórico em que surge e que revela

A grande guerra interimperialista iniciada em 1914 marcara o início do fim do colonialismo clássico europeu. Os velhos impérios se desagregavam e novas potências surgiam no horizonte histórico da era industrial.[4] No Brasil, uma das principais nações de um continente semicolonizado, a velha ordem dos mundos urbanos da costa e de suas imediações, organizados como complementos dos impérios europeus, agonizava. O antigo sistema exportador de matérias-primas alimentícias e importador de manufaturados esgotara suas possibilidades.

---

4 V. BARRACLOUGH. Geoffrey. *Introdução à história contemporânea e Europa: uma revisão histórica*. Rio de Janeiro: Zahar (várias datas).

A migração, a industrialização – gerada pela necessidade de substituir importações –, a urbanização daí resultante, a agitação político-militar e a crise econômica, tudo isso demonstrava que os dias do velho sistema estavam contados. O país estava pronto para o grande salto. Seu sistema de produção, relativamente simples, integrante do colonialismo clássico, começava a ser destruído. Uma estrutura mais complexa, própria dos subsistemas periféricos da nova fase da era industrial/capitalista, o substituía progressivamente. No sul a *Armour* marcava o fim das charqueadas e no norte as modernas usinas eliminavam o engenho. As zonas industriais e as cidades cresciam e suas imediações passavam a produzir alimentos para abastecer estes grandes aglomerados humanos. O café, elemento-chave da velha ordem econômico-política, perdia importância.

Em meio a estas grandes transformações, novos grupos de pressão faziam sua aparição: a nova elite militar, sem o poder – que até então era sinônimo de terra – mas já à época com pretensões tecnocráticas, os grupos médios urbanos, ligados ao aparelho do Estado e ao nascente setor industrial, a exigirem participação política, e o operariado, frágil mas nem por isto menos assustador. Afinal, os bolcheviques, verdadeiros demônios destruidores da lei e da ordem, rondavam perigosamente o Ocidente!

Numa expressão um pouco poética, era como se o palco da História de repente se abrisse, iluminado pela luz de um novo dia. Aliás, para muitos deve ter sido assim mesmo. É exatamente esta a impressão que se tem ao ler Mário e Oswald de Andrade e os *romancistas de 30* depois de se ter lido os romancistas brasileiros do séc. XIX, incluindo mesmo Lima Barreto. Se, nestes, a realidade parece e aparece como que oculta, subentendida, implícita, no *romance de 30* tudo é repentina e violentamente explicitado.[5] O mundo é invadido pela racionalidade e se torna palpável, transparente, compreensível.

Ao contrário do que acontecia na Europa, onde o grande romance da tradição realista/naturalista encerrava seu ciclo, enovelando-se sobre si próprio, eliminando o real, vulgarizando-o ou duvidando da possibilidade de conhecê-lo (Proust, Kafka, Joyce, Woolf), no Brasil ele renascia em seu surto mais importante no espaço geográfico não-europeu.

Não é mera coincidência que quase todos os *romancistas de 30* tenham a mesma origem social que a maioria esmagadora dos *tenentes*: famílias mais ou menos decadentes ligadas aos sistemas produtivos das periferias do núcleo cafeeiro, sistemas estes que passavam a ocupar rapidamente o espaço político deixado vago pelo desaparecimento da velha ordem. Mas para ocupá-lo havia um preço a pagar: olhar a realidade de frente.

Então parece claro: o *romance de 30* é integrante, produto e reflexo dos primórdios do Brasil moderno, que se superpunha ao Brasil arcaico/agrário da costa e de suas imediações. E *moderno* quer dizer marcado

---

5 Com as exceções de sempre. *O quinze*, de Raquel de Queiroz, por exemplo, parece, no que a isto diz respeito, um típico romance do séc. XIX.

pelas estruturas urbano-industriais de um capitalismo cujos centros situavam-se e situam-se no exterior. Nesta fase dos primórdios, as elites dissidentes modernizadoras e os grupos a elas ligados descobriram, de repente, o Brasil. E a partir de uma racionalidade primária, ingênua em termos de perspectiva histórica, tentaram organizá-lo como nação moderna e autônoma. Era o espaço e a chance que se lhes ofereciam.

Na segunda fase, no caos dos anos 60/70, os dados seriam novamente lançados. As elites que tinham emergido na década de 1930, e logo em seguida entrado em acordo com as remanescentes da fase anterior, se descobriram *no* Brasil e, já sem qualquer ingenuidade histórica, fizeram seu jogo. Para ganhar, como sempre. Só que desta vez o preço foi bem mais alto. Para elas, que tiveram que renunciar à autonomia possível – e para a sociedade como um todo, que pagou, paga e pagará o preço desta opção histórica. Como pagaria de qualquer outra. Mas este é outro assunto e outro momento da ficção brasileira ligada aos núcleos urbanos da costa e suas imediações.[6]

---

6 V. "A desagregação da narrativa real-naturalista no Brasil: crise cultural e ficção nos anos 70/80" *in Era uma vez a literatura*, a ser publicado proximamente por esta Editora.

as obras

1
SÃO BERNARDO
A SÚMULA DO ROMANCE DE 30

Estabelecido o pressuposto de que o conceito de *romance de 30* possui validade, por ter um mínimo de univocidade, *São Bernardo*, de Graciliano Ramos, deve ser considerado sua súmula, o melhor exemplo dele, tanto do ponto de vista temático quanto formal.

A história é simples, linear e exemplar. Por volta da década de 1920, numa região não muito distante da costa, no estado de Alagoas, Paulo Honório, um arrivista, se lança num ambicioso projeto de rápida modernização agrícola da fazenda em que trabalhara como empregado e que conseguira comprar do herdeiro de antiga família, então em completa decadência. Seu projeto econômico – que era o de obter lucro através do fornecimento de alimentos às cidades da região – tem completo êxito.

Contudo, o êxito alcançado no plano econômico não é contrabalançado pelo êxito na vida familiar. Pelo contrário, esta se transforma em completo fracasso. Insatisfeito, o protagonista faz uma revisão de sua vida. E, no momento em que – pouco depois da Revolução de 30[7] – começa a refletir sobre seu passado, começa também a narração, que é a própria reorganização desse passado.

A superposição dos dois Brasis

A interpretação mais conhecida de *São Bernardo* – influenciada, sem qualquer dúvida, pela tendência biografista, que lembra as posições políticas assumidas pelo autor, pelo debate ideológico dos anos 50/60 e, mais diretamente, por conhecido ensaio de Carlos Nelson Coutinho[8] – é a de que a obra seria uma crítica violenta ao capitalismo, personificado em Paulo Honório e caracterizado por seu obsessivo desejo de possuir bens e dinheiro. A partir deste ângulo, Madalena é vista como a encarnação do humanismo e da solidariedade

---

7 A marcação cronológica é clara nas referências ao Padre Silvestre e a Padilha, ambos partidários da Revolução.

8 "Uma análise estrutural dos romances de Graciliano Ramos", *in: Revista Civilização Brasileira.* Ano 1, n.5/6. Março de 1966. Indiscutivelmente, a melhor interpretação já feita da obra romanesca de Graciliano Ramos.

social. O choque entre ambos – e o desastre final – seria, portanto, o choque entre duas visões de mundo, entre duas concepções da sociedade.

Paulo Honório, ao reduzir as próprias pessoas a objetos de uso e de lucro – a famosa *reificação!* – representaria o protótipo do capitalista desumano e impiedoso em conflito com as concepções progressistas e humanistas de uma Madalena solidária e socialista.

É inegável que o texto pode sustentar esta interpretação.[9] Mais inegável é o direito de cada um entender uma obra como quiser e puder. Contudo, considerar *São Bernardo* simplesmente como uma *crítica* ao capitalismo é restringir a amplitude do romance de Graciliano Ramos, se não mais.

Mais abrangente e, talvez, mais correto em termos históricos é interpretar *São Bernardo* como *descrição* do capitalismo brasileiro em seus primórdios.

Em primeiro lugar, é preciso observar que em *São Bernardo* a ascensão social de Paulo Honório não é vista de um ângulo puramente negativo. O arrivismo em si não é criticado pelo protagonista-narrador, tanto que não raramente o sentimento de autoadmiração está presente. O que há, de fato, é muito mais um lamentar-se pelo fracasso do que um punir-se pela ascensão. Além disso, apesar da nostalgia utópica de Paulo Honório em relação ao tempo em que vagabundeava miserável pelas estradas ou trabalhava no eito como

---

9 Madalena, por exemplo, é vista como uma "boa aquisição".

empregado, certamente a posição do protagonista no presente da narração é bem melhor que a do passado.

Em segundo, a visão de mundo de Madalena é de uma profunda ingenuidade. Paulo Honório entende, pelo menos, o processo econômico – a história de *seu* Ribeiro é a prova – e as manobras da baixa política. Madalena não compreende nada disso, muito menos o processo histórico sobre o qual tem pretensão de atuar.[10] Deste emaranhado de conflitos nasce o desastre.

Mas este desastre não é, em absoluto, uma necessidade intrínseca da concepção *capitalista* de Paulo Honório. Afirmar isto seria um equívoco em relação ao texto, além de ingênuo e primário em relação à realidade social empírica. Afinal, não são raros os jovens capitalistas lépidos e faceiros que têm um passado muito semelhante ao de Paulo Honório. Suas mulheres não tomaram veneno – nem muito menos – e muitas delas, aproveitando a modernização e a virtual destruição da sociedade econômico-matrimonial tradicional pela lei do divórcio, pediram suas contas e a parte que lhes tocava e foram viver sozinhas.

Isto não é uma brincadeira de mau gosto. É um símbolo. Porque o desastre em *São Bernardo* não nasce da concepção capitalista – exploradora por natureza,

---

10 No plano político, Madalena poderia ser considerada a precursora dos ativistas políticos e guerrilheiros dos anos de 1960/70. E, no plano das relações pessoais, ela já enfrenta uma situação em que as funções econômicas tradicionais do homem e da mulher na sociedade patriarcal brasileira se desagregam diante do impacto da industrialização e de suas consequências.

claro –, mas exatamente de seu oposto: nasce do fato de Paulo Honório não ser um capitalista completo. E da ingenuidade de Madalena, incapaz de entender a realidade histórica e, muito menos, os esquemas de dominação e de poder.

Assim, se Paulo Honório, como empresário, como puro agente econômico é, de fato, um capitalista, sua alma – isto é, seus valores, sua maneira de comportar-se em relação aos outros e, em particular, seus métodos de trabalho – é a de um primitivo. A forma como quer possuir as coisas e as pessoas não tem nada de capitalista. É, bem antes, uma forma de posse que caracteriza o poder e a dominação em uma estrutura agrária primitiva, se poderia dizer "feudal".

É esta divisão que o leva ao desastre pessoal. Porque ele também não entende o processo histórico e as transformações de que Madalena é produto. Em consequência, não sabe transigir. Trava-se então um diálogo de surdos a três, num paradoxal *ménage à trois:* a alma *arcaica*, "feudal", pré-capitalista de Paulo Honório, seu papel de agente econômico capitalista e modernizador e a alma *moderna* – isto é, urbana – mas historicamente ingênua de Madalena. Um diálogo impossível entre o Brasil antigo, das regiões agrárias próximas da costa atlântica, e o Brasil capitalista e urbano que avançava em direção àquelas.

Afinal, o *romance de 30* é produto e integrante do processo de superposição intempestiva – e das convulsões daí decorrentes – destes dois Brasis, superposição resultante de uma nova fase da expansão das relações capitalistas internas e externas.

E, assim, *São Bernardo* pode ser considerado a súmula deste romance, do ponto de vista temático. Mas não é apenas isto.

Estrutura técnica e linguagem

Do ponto de vista formal, ou técnico, como se quiser, *São Bernardo*, em sua extrema simplicidade, é um dos exemplos mais clássicos da grande tradição narrativa ocidental real-naturalista, modelo inquestionável de todo o *romance de 30*.

No que diz respeito ao que comumente se chama de *estrutura narrativa* – o conjunto de artifícios através do qual é contada a história e a maneira com que são dispostos os eventos que a integram –, Graciliano Ramos utiliza uma das formas mais simples, que é a da narração *a posteriori* em primeira pessoa.

O protagonista senta – e em *São Bernardo* senta realmente! – e começa a colocar no papel seu passado. A narração começa no momento em que é tomada a decisão de iniciá-la e termina com o retorno ao presente do protagonista, para o qual já então não mais apenas os eventos de sua vida são passado mas o é também a própria narração. Simples, linear, exemplar.

Contudo, é na linguagem utilizada por Graciliano Ramos que se percebe melhor quanto enganosa é esta simplicidade e quanto *São Bernardo* é perfeito e insuperável como súmula do *romance de 30*.

Graciliano Ramos não se contenta apenas com construir *São Bernardo* segundo um esquema de extrema linearidade narrativa, dentro dos padrões do romance de tradição real-naturalista. Não se contenta apenas também com utilizar um linguajar, de um lado, muito próximo ao coloquial e, de outro, rigidamente filtrado pelas normas gramaticais do chamado *código urbano culto*, próprio das elites das cidades da costa atlântica brasileira. Isto, praticamente, todos os *romancistas de 30* o fazem.

Graciliano Ramos vai além. Ele coloca em discussão, no texto, o problema da linguagem a ser utilizada. As páginas iniciais, que referem as discussões com Gondim sobre o assunto, são antológicas. São o perfeito resumo do dilema enfrentado pelos narradores brasileiros a partir da década de 1920, começando com Mário e Oswald de Andrade, dilema que era produto das profundas transformações econômicas e sociais ocorridas e que estavam ocorrendo no país. E o país de então continuava sendo, é evidente, as cidades da costa e suas imediações.

Se, por definição, a linguagem nomeia o real, ela está indissoluvelmente ligada a ele. Se o real, o mundo empírico, passa por mudanças bruscas, a superestrutura linguística que estava referida ao passado, ao real de *antes* das transformações, perde a capacidade de nomeá-lo. Daí decorre o que os linguistas chamariam de dicotomia entre o significante – o conjunto de sons de que é composta a palavra – e o significado – a parcela de realidade que ela nomeia, indica.

Não é preciso muita perspicácia para perceber que era isto que acontecia no Brasil por volta dos anos de 1920. Haviam ocorrido profundas transformações na face econômica e social do país e a velha língua oficial/culta/literária, própria das elites desde o Império, perdera o poder de nomear, de descrever o mundo. Restavam apenas os sons.

Era preciso uma reorganização completa. E este é o dilema que todos os escritores de então enfrentam e que alguns, como Mário de Andrade,[11] percebem tão claramente que o verbalizam em forma de artigos e discussões.

Os *romancistas de 30*, mais ou menos intuitivamente, tenderam todos a equacionar o problema aproximando a língua escrita daquela falada em suas regiões geo-sócio-econômicas, mas submetendo-a mais ou menos rigorosamente às normas gramaticais do passado, isto é, da linguagem das elites das cidades da costa, em particular da capital de então, o Rio. Era, também aqui, como no plano das mudanças políticas e econômicas que podem ser resumidas na Revolução de 30, uma

---

11 Que costumava dizer que era preciso eliminar a dicotomia entre "o brasileiro falado e o português escrito".

solução de compromisso entre a força do passado e a inevitabilidade das transformações do presente.

Mas Graciliano Ramos vai além de um equacionamento instintivo. Discute o problema no texto. E, como num passe de mágica, depois de enfrentá-lo diretamente, resolve o dilema contornando-o: o caboclo, que ascendera social e economicamente e se sofisticara um pouco, é transformado no próprio narrador. Não deixa de usar sua linguagem "grosseira", mas a submete às normas rígidas da gramática do português urbano.

Pode-se dizer que mesmo esta é uma solução forçada. Mas é, sem dúvida, a forma mais engenhosa encontrada no *romance de 30* para justapor realidades linguísticas distintas. Afinal, também aqui, no plano da linguagem, eram dois Brasis que se chocavam e se superpunham.

A importância e a exemplaridade de *São Bernardo* como *romance de 30* provêm do fato dele refletir o Brasil da costa e suas imediações de sua época em todos os planos, incluindo o da linguagem. E, claro, de refletir este Brasil e seus problemas numa obra tão ampla historicamente e tão habilmente construída que parece ter sido escrita ontem.

2
VIDAS SECAS

Considerada, quase unanimemente, a obra mais importante de Graciliano Ramos depois de *São Bernardo* e uma das mais importantes do chamado *romance de 30*, *Vidas secas*, ainda que de menor fortuna crítica em relação à que conta a história de Paulo Honório e Madalena, é hoje nas escolas um dos títulos mais indicados da ficção brasileira do séc. XX, resultado, possivelmente e em conjunto, de seu tamanho reduzido, de sua linguagem simples, de seu enredo transparente, de sua temática social e da própria fama do autor, visto tanto como um romancista clássico quanto como uma personalidade política da primeira metade do referido século. Uma análise, ainda que sucinta, de *Vidas secas* deve necessariamente tratar da temática, do enredo e da linguagem da obra, ampliando a visão a partir daí para abranger o contexto histórico e literário.

Do ponto de vista da temática, *Vidas secas* aborda o tema da seca na região do Nordeste brasileiro, ligando-se assim a uma tradição ficcional integrada por, pelo menos, três outros romances muito conhecidos: *Luzia-Homem*, de Domingos Olímpio, *A bagaceira*, de José Américo de Almeida, e *O Quinze*, de Raquel de Queiroz. Tomando, como as outras obras citadas, este fenômeno climático como núcleo dos eventos narrados, *Vidas secas*, do ponto de vista do tema, se diferencia claramente delas em pelo menos dois aspectos, que, a rigor, poderiam ser considerados um só. Em primeiro lugar, no romance de Graciliano Ramos, a seca não é um elemento a mais a integrar uma história complexa e multifacetada que nasce e se constrói a partir deste flagelo climático regional. Não. Em *Vidas secas*, a seca *é* o tema, *é* a personagem, *é* o enredo, *é* a obra, assumindo o papel de uma entidade superior, de uma fatalidade (des)ordenadora do mundo. Em segundo lugar, e por decorrência, os demais elementos que integram este mundo, sejam eles pessoas, animais ou coisas, existem apenas em função do flagelo climático, em um círculo férreo, sendo por ele determinados *ab origine*. Evidentemente, pode-se argumentar que a cama de lastro de Sinha Vitória, a admiração de Fabiano por Seu Tomaz da bolandeira e a "visão do paraíso" que encerra a obra são instrumento e símbolo da resistência da espécie contra o meio inóspito e cruel. É verdade (v. abaixo), mas eles são sonhos que nascem do próprio fenômeno da seca e que, mesmo sendo penhor da sobrevivência das personagens, flutuam num horizonte distante e inatingível, quais miragens nascidas do revérbero da luz ofuscante sobre um solo adusto e calcinado em um mundo regido pela desesperança e pela fatalidade.

Do ponto de vista do enredo – e coerentemente com o aspecto temático –, ele pode a rigor ser considerado, se analisado numa perspectiva tradicional, como quase inexistente ou, pelo menos, extremamente rarefeito. Os capítulos não são elos de uma história concatenada nem partes de um todo contínuo e ordenado. Eles são *quadros* justapostos e autônomos, como instantâneos de um mesmo mundo, é verdade, mas independentes entre si. No entanto e apesar disto, paradoxalmente, *Vidas secas* possui uma unidade compacta e sufocante que se forma exatamente a partir de um enredo rarefeito e construído fragmentariamente. Isto porque personagens e eventos se resumem em um único elemento: a seca, que, desde tempos imemoriais e de forma implacável, tudo submete e tudo condena, num movimento cíclico ininterrupto.

Do ponto de vista da linguagem, não é necessário lembrar, por serem um lugar-comum na análise das obras de Graciliano Ramos, a precisão e o despojamento estilísticos, qualidades que fazem do autor um dos mestres da ficção brasileira e da língua portuguesa. Mais importante talvez seja assinalar que em *Vidas secas* atinge ponto culminante e forma extrema um velho problema que sempre acompanhou a ficção brasileira desde sua origem nas primeiras décadas do séc. XIX: como lidar com a complexa realidade linguística, resultado óbvio e natural da complexidade e das diversidades socioculturais e geográficas do país? Dado que a ficção brasileira é, por definição, produto orgânico das classes dirigentes urbanas do litoral, herdeiras da língua normatizada durante o apogeu do Império português nos séculos XVI e XVII, não havia para os ficcionistas brasileiros qualquer possibilidade de fugir a esta norma, mesmo porque, se o fizessem, não encontrariam leitores. Por outro lado, como representar nas obras o complexo mundo sociocultural e linguístico do país? As tentativas de solucionar o problema foram variadas mas, de uma ou de outra forma, sempre revelaram a marca da artificialidade ou, pelo menos – para fugir ao sentido pejorativo deste termo –, do desconforto. Em Graciliano Ramos, como em tantos outros autores, e até mais do que neles, uma das soluções é levada ao extremo: o autor onisciente, cujo linguajar, por suposto, é regido pela norma culta das classes dirigentes urbanas do litoral, *assume* as personagens e, consequentemente, estas assumem o seu, dele, linguajar. Mais do que em *São Bernardo* – afinal, Paulo Honório possui certa instrução – em *Vidas secas* está presente uma absoluta esquizofrenia. Fabiano, qualificado de *matuto* e apresentado como um primitivo, aplica, nas poucas frases que pronuncia, as rígidas regras da morfologia e da sintaxe da referida norma urbana culta. Este é um tema importante na história da ficção brasileira, pois ele reflete a secular clivagem entre o litoral e o interior, entre as urbes e o sertão, clivagem, aliás, que começa a diluir-se apenas a partir das décadas de 60/70 do século XX, com a homogeneização urbano-industrial do país. Não por nada, é por esta época que surgem obras como *Grande sertão: veredas*, *O coronel e o lobisomem*, *Sargento Getúlio* e *Os Guaianãs*, nas quais a esquizofrenia antes referida se atenua ou desaparece. Fabiano – isto é, Graciliano Ramos e *Vidas secas* – ainda pertence a um mundo cujas raízes estão fincadas nas primeiras décadas do séc. XIX. Não é o caso do caboclo Riobaldo, de *Grande sertão: veredas*, e de seus similares das obras acima citadas.

Por fim, ampliando a análise para o campo histórico, é interessante lembrar que *Vidas secas* – da mesma forma que *São Bernardo* – sofreu as consequências das vicissitudes políticas e ideológicas do país e nos anos 50 do séc. XX foi objeto de uma leitura equivocada a partir da visão populista/esquerdista típica do utopismo infantil das classes médias urbanas do litoral. Da mesma forma que Paulo Honório não é o protótipo de um capitalista explorador mas sim um arcaico que tenta modernizar-se e fracassa exatamente por ser arcaico e não um capitalista, *Vidas secas* também não é um libelo social, um panfleto político, um manifesto a favor da reforma agrária ou coisa parecida. É fato que, cá e lá, aparecem temas como o patrão que rouba nas contas e as diferenças de classe, mas estes são elementos incidentais na arquitetura da obra, que se constrói efetivamente sobre uma ambiguidade integradora: de um lado, é a saga dolorosa de homens e animais impiedosamente esmagados pela força dos elementos incontroláveis da natureza; de outro, é um verdadeiro cântico de celebração à vida e à resistência da espécie humana diante da fatalidade brutal e da inefugível adversidade.

Sob este ângulo, *Vidas secas*, já livre da pátina das injunções políticas de meio século atrás, surge hoje, nos inícios do século XXI, como uma luminosa elaboração poética da famosa afirmação de Euclides da Cunha: "O sertanejo é, antes de tudo, um forte." E este sertanejo adquire assim, em *Vidas secas*, a inegável dimensão de símbolo da espécie.

3
TERRAS DO SEM FIM
O CAPITALISMO NA MATA VIRGEM

Na extensa e heterogênea obra romanesca de Jorge Amado, *Terras do sem fim* é um dos títulos mais importantes, se não o mais importante. O que não impediu que fosse quase que completamente esquecido, a ponto de ser desconhecido até de estudantes de Letras, pelo menos até que servisse de base para uma novela da Rede Globo, adaptada por W. G. Durst, na década de 1990.

Este esquecimento é facilmente explicável. *Terras do sem fim* não possui nem o apelo político-ideológico de muitas obras da dita *primeira fase* de Jorge Amado (*Cacau*, *Seara vermelha*, *Jubiabá*), nem o apelo popular e erótico de quase todos os romances escritos depois de *Gabriela, cravo e canela*. Quer dizer, *Terras do sem fim* não interessava nem ao PC nem ao grande público da segunda metade do século XX...

Contudo, há muito tempo o panfletarismo político de Jorge Amado perdeu sua força, aparecendo hoje, na distância histórica, como primário e ingênuo. E a "ousadia" de suas cenas de erotismo parece coisa de criança diante da permissividade crescente gerada pela fome de lucro da atual sociedade urbano-industrial brasileira.

Em compensação, *São Jorge dos Ilhéus* e *Terras do sem fim* se mantêm incólumes, ou quase, e têm conquistado cada vez mais leitores. Principalmente *Terras do sem fim*. É inacreditável que este romance tenha sido, durante tanto tempo, relegado ao quase esquecimento, pois ao lado de *São Bernardo*, *O tempo e o vento* e *Fogo morto* é um dos grandes clássicos do *romance de 30*.

A obra narra a luta de duas famílias pela posse de uma região de mata virgem nas imediações de Tabocas, hoje Itabuna, na Bahia, quando o ciclo do cacau atingia seu auge, presumivelmente por volta do fim da segunda ou início da terceira década do século XX.

A mata do Sequeiro Grande, como eram conhecidas aquelas terras extremamente férteis e ainda sem dono, "dormia seu sono jamais interrompido". Por pouco tempo. A alta do cacau no mercado internacional açula a cobiça dos proprietários da região, que começam a avançar rumo à floresta. A grande disputa é travada entre duas das principais famílias de plantadores de cacau, localizadas uma de cada lado da mata: a do clã dos Badaró e a do coronel Horácio da Silveira. A guerra, na qual a tocaia é o método mais comum – e um dos mais civilizados! – de luta, explode violenta. Ao final, sai vencedor o lado que, além de contar com maiores recursos financeiros, recebe ainda o apoio do governo federal depois da decretação da intervenção deste no estado.

Atribuindo-se a qualificação de *épica* a uma obra em que as ações narradas são vistas de um ângulo positivo, em que há, em última instância, um louvor à ação das personagens que atuam como agentes de transformação sobre o mundo exterior, então *Terras do sem fim* – ao lado de *O tempo e o vento*, em particular em sua primeira parte – é o épico por excelência entre os *romances de 30*.

Pode parecer paradoxal – principalmente para quem ainda se deixa impressionar pelo biografismo[12] –, mas *Terras do sem fim* ressoa hoje como um hino de louvor à ação dos homens empreendedores que, sob o signo da violência e da cobiça, ocupam os últimos espaços disponíveis nas matas da orla atlântica para ali instalarem a moderna lavoura capitalista.

---

12 Linha de interpretação – hoje totalmente desacreditada – que, ao analisa uma obra de arte, dá grande importância às tendências, ao gosto e às posições políticas e ideológicas do autor em si.

Sem dúvida, o texto possui ambiguidade suficiente para que se percebam, aqui e ali, as intenções – passe a palavra – doutrinárias do autor. Os fracos são destruídos impiedosamente, a consciência ameaça despertar no negro Damião e a vida humana não tem qualquer valor se for um obstáculo à posse de terras e de dinheiro.

Os heróis mais destacados, porém, aqueles que parecem saltar fora do mundo imaginário da ficção e se tornar seres de carne e osso, são os três Badaró – Juca, Sinhô e Don'Ana –, o coronel Horácio da Silveira e Teodoro das Baraúnas. Ou seja, os que, sem as contradições de Paulo Honório em *São Bernardo* – certamente por estarem há muito acostumados a isto! –, lutam para manter seu poder e ampliá-lo.

No final, a mata virgem do Sequeiro Grande e as lutas que antecederam sua ocupação são vistas como fazendo parte de um tempo passado, que se transforma rapidamente num tempo mítico, irrecuperável para sempre. O tempo do mundo agrário pré-capitalista.

E tudo termina em paz. A paz dourada do cacau, a paz bíblica da homogeneização capitalista de toda a orla atlântica brasileira:

> "Cinco anos demoravam os cacaueiros a dar os primeiros frutos. Mas aqueles que foram plantados sobre a terra do Sequeiro Grande enfloraram no fim do terceiro ano e produziram no quarto. Mesmo os agrônomos que haviam estudado nas faculdades, mesmo os

mais velhos fazendeiros que entendiam de cacau como ninguém, se espantavam do tamanho dos cocos de cacau produzidos, tão precocemente por aquelas roças.

Nasciam frutos enormes, as árvores carregadas desde os troncos até os mais altos galhos, cocos de tamanho nunca visto antes, a melhor terra do mundo para o plantio do cacau, aquela terra adubada com sangue!"

Ambíguo? Claro. Mas o que não é ambíguo é o fato de que quem sobrevive e brinda é o coronel Horácio da Silveira![13]

---

13 É maldoso, sem dúvida, mas, como me disse alguém, Jorge Amado mantém aqui extrema coerência com a linha de análise histórica e econômica adotada pelo marxismo ortodoxo no Brasil por volta de meados do século XX: para chegar ao socialismo – já que ele vem depois do capitalismo – é preciso que antes os burgueses capitalistas assumam o poder. É uma ironia pesada com Jorge Amado e com a esquerda histórica brasileira! Mas, *se non è vero...*

4
CAPITÃES DA AREIA

Queimado em praça pública ao ser publicado em 1937, pouco lido no início e, por motivos óbvios, até recentemente pouco valorizado pelo *establishment* literário do país, *Capitães da areia* transformou-se nas últimas décadas do século XX cm um grande sucesso de público – pelo menos em termos do mercado editorial brasileiro –, alcançando a marca de quase uma centena de edições. Mas, independentemente de tudo isto e apesar de concorrer desvantajosamente com obras ideologicamente, pelo menos na aparência, mais assépticas (como *São Bernardo*, *Fogo morto*, *O tempo e o vento* e até *Terras do sem fim*, do próprio Jorge Amado), *Capitães da areia* pode ser colocado hoje entre as grandes criações do chamado *romance de 30* e considerado como uma das duas obras mais importantes do Autor, ao lado da antes citada. Mais do que isto e graças, principalmente, ao seu final histórica e politicamente delirante mas literariamente antológico e insuperável, *Capitães da areia* talvez deva até ser qualificado como o único grande épico urbano da ficção brasileira do séc. XX. Épico que se constrói, paradoxalmente, sobre personagens estereotipadas, concepções políticas que beiram o delírio e uma visão de mundo maniqueísta, fantasiosa e romântica.

Para tentar compreender como Jorge Amado elabora uma verdadeira obra-prima sobre fundamentos tão frágeis e, até, tão falsos, é necessário analisar *Capitães da areia* sob três ângulos: o da temática do Autor, o da denúncia social e o de símbolo ideológico de uma era e de um grupo social e generacional dentro dela.

Quanto à temática, a produção ficcional de Jorge Amado gira basicamente em torno de três núcleos, que de forma recorrente e insistente a caracterizam: a denúncia social, o folclore regional baiano e o erotismo. Ainda que tais temas não sejam os únicos (alguém poderia dizer, por exemplo, que *Terras do sem fim* não se enquadra exatamente em nenhum deles) e ainda que seja problemático analisá-los isoladamente, sua preponderância maior ou menor nos romances do Autor é tão clara, pelo menos à primeira vista, que permitiu que muitos críticos dividissem sua obra em pelo menos duas fases: a primeira, reunindo as obras publicadas até inícios da década de 1950, marcada pelos temas sociais e políticos, e a segunda, a partir de então, na qual os temas do folclore e do erotismo são preponderantes.

Ainda que tais divisões didáticas sejam precárias e não raro até inúteis, talvez não seja de todo equivocado afirmar que *Capitães da areia* apresenta um relativo equilíbrio entre denúncia social e folclore (as religiões afro, o candomblé, o mar etc.), não estando porém ausente o erotismo, que marcaria até a saturação a chamada *segunda fase* (as negrinhas derrubadas no areal, a fúria sexual da solteirona, as prostitutas etc.). Por isto, *Capitães da areia* é uma espécie de súmula da temática do Autor, súmula que permanece única no conjunto de sua obra. E é por isto que sua leitura nos deixa a impressão de um mundo completo em si próprio e em perfeito equilíbrio, ainda que a pairar no empíreo da fantasia. Ou por isto mesmo.

Quanto à temática social, *Capitães da areia* não apresenta, no contexto do chamado *romance de 30*, qualquer especificidade ou novidade. Pelo contrário, as diferenças de classe, a injustiça, a exploração e a miséria mais ou menos explicitadas e apresentadas com maior ou menor contundência estão presentes, de forma recorrente, na ficção brasileira desde seus primórdios e com particular intensidade no *romance de 30*. O novo, o específico, o sem precedentes em *Capitães da areia* é o enquadramento do tema num projeto literário claramente referido ao realismo socialista de matriz russa/soviética. E o fascinante é a naturalidade com que Jorge Amado, como se fosse um Dickens soviético, transfere São Petersburgo e Moscou para o litoral baiano e ali, nos amáveis trópicos de uma Salvador afro-brasileira e cordial, monta uma irresistível estratégia – literária! – que leva a greve geral à vitória completa, sob o comando de um estudante, um estivador e três brigadas de pivetes adolescentes e esfarrapados... O sucesso é absoluto! Tudo está preparado! Falta apenas a tomada do poder, que ocorrerá, com a mesma certeza com que nasce o sol a cada dia e com a decisiva participação dos *lúmpen* da "cidade da Bahia", num genial rasgo de inovação das táticas revolucionárias, pois a participação deles não é prevista nas lições das cartilhas da ortodoxia leninista e revolucionária... Mas como deixá-los de fora do momentoso e transcendente evento se eles, os *lúmpen*, são os "poetas da cidade", como diz o texto?... Completo delírio e absoluta loucura! Mas que lógica, como diria Shakespeare em *Hamlet*!

Pois é quanto à sua função de símbolo de uma era e da visão ideológica de um grupo social e de símbolo, até, do próprio país que *Capitães da areia* se revela insuperavelmente emblemático. E é ao nível deste delírio que surge também a grandeza do romance de Jorge Amado, este verdadeiro épico do imaginário e da utopia esquerdista infanto-pequeno-burguesa brasileira e latino-americana, este surpreendente conto de fadas soviético-socialista na vastidão dos trópicos. Quanto a isto, *Capitães da areia* é mais que uma obra emblemática. Ela é didática. De um didatismo transparente e insuperável como repositório da ingenuidade psíquica, do romantismo político, do irrealismo histórico e da colonização mental de uma geração de almas socialmente bem nascidas e eticamente bem intencionadas mas desorientadas e perdidas num país continental, complexo, problemático, plural e inabarcável que, a cada década, ou até menos, parece devorar seus filhos e suas ilusões.

Contudo, esta é *apenas* a realidade... Porque na Bahia de *Capitães da areia* o Brasil é um mundo inabalavelmente cordial, onde tudo é possível e onde a greve geral triunfa, como ensaio geral e prenúncio da revolução vitoriosa, ao som dos atabaques que "ressoam como clarins de guerra" e sob a proteção de Ogum e de Omulu, a pobre deusa das florestas africanas. Por isto, no antológico e apoteótico final, *Capitães da areia*, verdadeira canção dos deserdados, surge também como visão romântica e idealizada de um país jovem que se debate em busca de seu caminho, visão nascida da mente em ebulição de uma classe média nascente e intelectualizada, tomada por sonhos ingênuos e boas intenções, dos quais e das quais este romance de Jorge Amado é um repositório nunca antes nem depois igualado.

Como *Terras do sem fim*, *Capitães da areia* também é uma obra-prima. E se o primeiro fixa o interior "bárbaro" da Bahia "civilizado" à força pelo dinheiro que mancha de sangue os dourados frutos do cacau, *Capitães da areia* rompe os limites dos temas folclóricos regionais para elevar-se às alturas de símbolo não apenas de um grupo social e de uma geração mas também do próprio Brasil. E, de um delirante conto de fadas socialista nas exóticas terras da Bahia, *Capitães da areia* se transforma assim em documento e marco da história literária e da história política do país. O que não é pouco!

5
FOGO MORTO
A UTOPIA LIBERAL DEMOCRATA

Fogo morto na obra de José Lins do Rego

A obra de José Lins do Rego tem por tema a sociedade açucareira do Nordeste, mais especificamente a da Paraíba. De seus doze romances, os melhores são, sem comparação, aqueles em que o mundo do banguê, do engenho e da usina é fixado de forma imediata e direta. E, entre estes, destaca-se *Fogo morto*, no qual toda a estrutura da sociedade açucareira é apresentada num painel de dimensões não alcançadas e de contradições não encontradas em nenhum dos demais, o que faz dele o mais importante e interessante romance de José Lins do Rego.[14]

Lúcia Miguel Pereira, ao prefaciar *Pureza*,[15] romance publicado em 1937, afirmou que seu autor não mais poderia retornar à temática do ciclo da cana-de-açúcar, sob pena de repetir-se. De fato, depois da publicação de *Banguê* (1934) e *Usina* (1936), tudo parecia indicar que a linha iniciada com *Menino de engenho*, no início da década e centrada sobre o mundo da sociedade açucareira da Paraíba e, por extensão, de todo o Nordeste, se encontrava esgotada, sem condições de oferecer algo de novo.

Mas não foi assim. Em 1943, ao contrário do que se poderia razoavelmente esperar, José Lins do Rego "se repete", publicando *Fogo morto*, que não é apenas uma volta aos temas da velha sociedade açucareira paraibana. É muito mais: é uma tentativa de vê-la globalmente e de indicar caminhos para sua reorganização.

Ao se ler a obra completa de José Lins do Rego na ordem cronológica em que foi publicada – e, possivelmente, escrita –, isto é, de *Menino de engenho* (1932) a *Fogo morto* (1943), é que se percebe a novidade completa que este último representa no contexto de toda a produção romanesca do autor.

---

14 Muitos apreciam mais *Banguê*, acentuando seu esquema narrativo mais limpo, mais linear.

15 Prefácio à quinta adição de *Pureza*. Todas as citações referem-se à 5ª edição desta obra. Quanto às feitas nas páginas seguintes: *Menino de engenho* (6ª ed.); *O moleque Ricardo* (6ª) *Usina* (5ª) e *Banguê* (4ª), todas de José Olympio, com datas diversas.

José Lins do Rego se repete e não se repete. Sim, caso os temas ligados ao ciclo da cana-de-açúcar forem tomados superficialmente. Não, se forem analisados com um pouco mais de profundidade. Há, em *Fogo morto*, uma visão completamente nova de todos os temas presentes em *Menino de engenho*, *Banguê* e *Usina*, sem esquecer *O moleque Ricardo*. Além disto, um tratamento diverso é dado a estes temas e, o que é o mais importante, *é apresentado um projeto de uma nova ordem política e social*, o que jamais ocorrera em qualquer um dos romances anteriores. Sob este último ponto de vista, *Fogo morto* é algo radicalmente novo. E esta novidade surge, evidentemente, ligada à personagem do capitão Vitorino, o famoso Papa-Rabo, que reúne em si, de certa forma, a revolta de todas as demais.

O que teria levado José Lins do Rego a rever tão radicalmente seus métodos de fixação das realidades da sociedade açucareira do Nordeste? Quais as pressões – no sentido amplo – que teriam levado o autor de *Menino de engenho* a construir personagens totalmente estranhas, em sua visão de mundo, às anteriores? Tal reorientação teria sido homóloga à evolução e às tendências político-sociais das elites brasileiras da época? Quais os fatos concretos, os acontecimentos históricos e políticos, que poderiam estar na base desta reorientação?

Para tentar responder a tais perguntas, é necessário, em primeiro lugar, analisar os demais romances que têm por tema central o ciclo da cana-de-açúcar para, num segundo momento, estabelecer, comparativamente, as diferenças entre eles e *Fogo morto*. Apenas então, depois de definida perfeitamente a "novidade" que *Fogo morto* apresenta, será possível sugerir algumas respostas.

A sociedade açucareira nos romances anteriores a Fogo morto

Como ficou implicitamente estabelecido, o que interessa na obra de José Lins do Rego, tendo como objetivo responder às perguntas acima, são os romances publicados antes de *Fogo morto* e que tematicamente se centram sobre o ciclo da cana-de-açúcar. Estes são *Menino de engenho*, *Banguê*, *O moleque Ricardo* e *Usina*.

a) Menino de engenho

Coerentemente com a intenção memorialista, implícita no título, *Menino de engenho* é um romance que tende a apresentar, de forma objetiva, fatos reais ou supostamente reais, sem qualquer conotação crítica. Este verismo, acentuado particularmente nos eventos ligados à família e aos problemas pessoais do protagonista, é o que dá vigor à obra e mantém, até hoje e até o ponto final, o interesse dos leitores.

No contexto desta análise são importantes alguns dados que, à primeira vista, pareceriam não ter maior interesse:

– Existe na obra a constatação, que nunca vai além da simples descrição, de uma situação socialmente injusta e que tem como sequela a miséria de determinados grupos (p. 86 e 93, por exemplo).

– A escravidão continua na prática, apesar de não existir mais legalmente (p. 105 e 109), questão vista de forma completamente acrítica.

– Há algumas informações dispersas – não mais do que isto – sobre os chefes políticos locais.

– O protagonista considera natural a exploração econômica e social da classe pobre (p. 167).

– Finalmente, uma observação importantíssima em virtude das implicações que provoca na análise de *Fogo morto: o engenho Santa Fé já está de fogo morto!* O que significa que, na cronologia reconquistada pelo autor/narrador, *Menino de engenho* é *posterior* a *Fogo morto*, já que a frase final deste último romance é *a constatação do fim do engenho Santa Fé:* "E o Santa Fé, quando bota (fumaça), Passarinho? Capitão, não bota mais, está de fogo morto."

Desta forma, *Fogo morto*, o décimo romance de José Lins do Rego na ordem de publicação, é anterior, em relação ao tempo em que se desenrola a ação narrada, a todos os demais. Ou, pelo menos, é anterior a todos os que tratam dos temas do ciclo da cana-de-açúcar, que é o dado que mais importa.

b) Banguê

Banguê é um pouco mais complexo que o anterior. José Aderaldo Castello diz que *Banguê* é "o choque entre o patriarca e o bacharel".[16] A afirmação pode ser considerada verdadeira na medida em que ambos forem tomados simbolicamente, como representações de duas estruturas socioeconômicas e, portanto, também culturais, incapazes de coexistirem lado a lado. O patriarca Zé Paulino e a ordem que representa estão condenados ao desaparecimento, mas continuam existindo e impedem que o bacharel Carlos de Melo tenha condições de agir: "Tudo em mim era falso, todos os meus sonhos se fixavam em absurdos", afirma Carlos de Melo (p. 12). E mais adiante: "...começava a sentir a decadência de meu avô" (p. 15). Ou então: "Dentro da casa-grande do Santa Rosa o crepúsculo era de todas as horas" (p. 51).

Mas há algumas observações menos evidentes que a decadência do Santa Rosa. O narrador permanece apenas na constatação das realidades descritas, entre as quais se destacam:

– O voto a bico de pena, o apadrinhamento e os conchavos políticos.

– O nascimento da usina e, com ela, de toda uma nova realidade econômica.

– O Santa Fé, depois da morte de *seu* Lula, cai nas mãos de Marreira e o romance se encerra com o fim do Santa Rosa. A usina toma conta e começa a impor a nova ordem econômica que se estende ao setor social e familiar através do fim definitivo da casa-grande.

---

16 *José Lins do Rego: modernismo e regionalismo*. São Paulo: EDART, 1961. p. 85.

c) O moleque Ricardo

Apesar de não tratar diretamente do ciclo da cana-de-açúcar, *O moleque Ricardo* a ele se liga de forma indireta, pois Ricardo, moleque-de-bagaceira do Santa Rosa, fora companheiro de infância de Carlos de Melo. Ambos, aliás, se encontram (p. 12). Mas não é só isto. Se comparado com *Fogo morto*, *O moleque Ricardo* é de extremo interesse. Tendo como palco de ação a Recife dos anos de 1920, o romance apresenta o relato de agitações sociais de tendência, supostamente, esquerdista. Os pontos principais a destacar são:

– O problema social está presente, como se pode observar nos episódios da greve e da revolta (p. 15, 34, 36 etc.). É impressionante, porém, que ninguém saiba exatamente por que luta.

– Cordeiro é um idealista puro, sem quaisquer objetivos políticos definidos. É um revolucionário sem causa.

– Os pobres são vistos, fundamentalmente, de um ângulo essencialmente folclórico (carnaval, religião, superstições).

No conjunto, o romance é confuso, dispersivo, não se define e não apresenta qualquer visão crítica, possuindo um valor muito reduzido. Os fatos narrados são vistos de forma confusa e insegura. Tem-se a impressão de que o autor/narrador está aturdido diante dos fatos que apresenta.

Apenas como curiosidade, é importante lembrar que *O moleque Ricardo* foi escrito em 1934-35, quando, no Brasil, a agitação do Partido Comunista atingia o auge com o golpe frustrado de 1935 e quando começava a estruturar-se de maneira coerente o movimento integralista, que também tentaria o golpe, em 1937. A convulsão social e política nas cidades brasileiras seguia de perto os acontecimentos que então abalavam a Europa (a guerra espanhola, a ascensão do nazismo e do fascismo) e que desembocariam na guerra de 1939.

d) Usina

Com *Usina*, José Lins do Rego deixa a Recife de *O moleque Ricardo*, fracasso em todos os sentidos, abandona qualquer preocupação direta com problemas políticos e sociais (evidentes em *O moleque Ricardo*, apesar da confusão) e volta à Paraíba dos seus engenhos.

Não há dúvida de que o núcleo central de *Usina* é o surgimento de uma nova ordem econômica (que fora entrevista já em *Banguê*): o desaparecimento do engenho e a ascensão da usina, com todas as consequências que este fato traz consigo. Pode-se observar que:

– A família patriarcal antiga, que se mantivera mesmo depois de a casa-grande ter perdido o domínio sobre a senzala, chega ao fim (p. 236, 237, 267). Os novos proprietários não mais procuram as negras da senzala mas, sim, brancas de Recife (p. 322, 324), o que os identifica, simbolicamente, como usineiros do asfalto. O fato de que um estranho durma na casa senhorial, apesar da revolta que provoca (p. 257), é o sinal de que o clã familiar está chegando ao fim.

– Há o estabelecimento de novas relações entre o senhor e o servo: agora há o patrão e o operário. Com a chegada da usina opera-se uma transformação radical, completa:

> "A vida no Santa Rosa tinha mudado." (p. 285)
> "Não se pode chupar mais cana da usina." (p. 286)
> "Eram todas operárias." (p. 302)
> "Lá em cima estava a gente que se chamava operário. Um povo que não queria ligar com eles." (p. 317)
> "Tivera que botar para fora muita gente viciada com os tempos do coronel Zé Paulino." (p. 322)
> "Aquilo não era engenho não." (p. 353)

Toda esta transformação é simbolizada com força extraordinária na "visão da chaminé", que encerra todos os capítulos finais do romance. A casa-grande desaparecera. O engenho também.

– Apesar de tudo, a ordem política continua a mesma (p. 235, 306). Os senhores de engenho, agora já usineiros, comandam o processo a seu bel-prazer. Ninguém se lhes opõe e a oligarquia regional reina soberana. E tais realidades voltam a ser apresentadas dentro de uma visão acrítica quase total. A paz reina em todo o sistema. Apenas o episódio em que o moleque Ricardo abre a porta da loja "ao seu povo" faminto deixa entrever o possível surgimento de uma nova visão em romances posteriores. Ela apareceria em *Fogo morto*, mas só sete anos depois.

– Na sequência do tempo real reconquistado pelo autor/narrador, *Usina* encerra as obras centradas sobre o ciclo da cana-de-açúcar. Foi por isto mesmo que Lúcia Miguel Pereira, ao prefaciar *Pureza*, obra surgida logo depois de *Usina*, afirmava que José Lins do Rego não poderia senão repetir-se. O que aconteceu foi um pouco diferente.

O impacto de Fogo morto

Ao se ler as obras de José Lins do Rego pela ordem de sua publicação, o grande impacto é causado por *Fogo morto*, não só pelo fato de possuir uma estrutura narrativa própria, fundada na justaposição de três partes relativamente autônomas que se integram por serem três aspectos da mesma realidade, como também, e principalmente, por apresentar uma visão completamente nova do mundo do engenho e terminar numa apaixonada tomada de posição política.

Nas obras anteriores ligadas aos temas do ciclo da cana-de-açúcar, o autor/narrador sempre se mantém numa posição de constatador um tanto frio e desinteressado das realidades socioeconômicas e políticas apresentadas. Suas personagens jamais tomam posição diante das mesmas.

Ora, é a quebra radical desta linha "descompromissada" que constitui a completa novidade em *Fogo morto*. O que há de novo neste romance é exatamente uma revolta política consciente e uma visão crítica das estruturas socioeconômicas do mundo descrito, seguidas da apresentação do ideal de uma nova ordem política justa e democrática, apresentação esta feita através de uma personagem que parece "escapar" completamente ao domínio do romancista, passando do grotesco individual a um protótipo quixotesco bem mais amplo, personificação de um herói impoluto, defensor dos oprimidos contra todas as ordens plantadas sobre a injustiça.

A unidade das três partes em que se divide a obra é dada pela personagem do capitão Vitorino, que se distancia decididamente das revoltas sem programa em face das injustiças (Zé Amaro e os cangaceiros) e da decadência da velha ordem (*Seu* Lula) e se torna o centro do romance.

Há na personagem do capitão Vitorino uma tensão evidente que resulta da impossibilidade de sua existência no tempo real reconquistado pelo autor/narrador, quer dizer, na época em que se passa a ação do romance. Dizer, como José Aderaldo Castello, que o capitão Vitorino deve ser visto como recordação de um tipo grotesco conhecido pelo autor na infância[17] não só não leva a nada como, pior, é completamente incorreto. Porque Vitorino é, exatamente, "anacrônico", pelo menos o da terceira parte. É impossível que tal personagem, e a visão de mundo que personifica, tenha podido existir no tempo real reconquistado pelo autor/narrador.

---

17 Idem, p. 76.

De acordo com cálculos feitos tomando-se por base indicações que o texto fornece sobre personalidades do setor federal e do próprio estado da Paraíba, a ação de *Fogo morto* deve passar-se por volta de 1915. Ou mesmo antes. Daí resulta o "anacronismo" da personagem e também a força do romance, que nasce, em grande parte, exatamente da tensão entre a impossibilidade de sua existência real na cronologia reconquistada pelo autor/narrador e sua *existência idealizada* – se assim pode ser qualificada – na consciência do escritor José Lins do Rego em 1943.

Isto se torna mais sério ainda se recordarmos, como já foi visto, que a ação de *Fogo morto* se passa – sempre no tempo reconquistado pelo autor/narrador – em um período anterior ao de todos os demais romances do Autor ligados à temática do ciclo da cana-de-açúcar, incluindo o primeiro deles, *Menino de engenho*.[18] José Lins do Rego, portanto, não só cria uma personagem completamente nova como a lança para trás, por sobre todas as demais que aparecem nos romances anteriormente citados, o que a transforma em "anacrônica".

Este "anacronismo" de Vitorino, dentro dos quadros da vida política brasileira no interior do Nordeste por volta de 1915 – ou até mesmo antes –, aparece claramente nas sucessivas passagens em que ele prega a

---

18 Distribuição das obras pela ordem de publicação: *Menino de engenho – Banguê – O moleque Ricardo – Usina – Fogo morto*. Distribuição das obras segundo a sequência cronológica no tempo reconquistado pelo autor/narrador: *Fogo morto – Menino de engenho – O moleque Ricardo – Banguê – Usina*.

queda da velha ordem (o que ocorreria apenas, no mundo real histórico, em 1930), exige o fim dos "grandes", faz a apologia da justiça, do livre jogo democrático, da igualdade de todos perante a lei e rebela-se contra a corrupção.

José Lins do Rego, ao afastar-se de sua linha de frio observador, realiza em *Fogo morto uma revisão crítica do mundo do banguê e do engenho e das condições econômicas, sociais e políticas nele vigentes, realidades que já haviam sido descritas e fixadas, mas jamais analisadas valorativamente.*

A partir desta constatação, pode-se perguntar: o que teria levado o autor a romper com o descritivismo acrítico de suas obras anteriores, ligadas tematicamente ao ciclo da cana-de-açúcar, e a reorientar sua visão no plano sociopolítico apresentando personagens que, a rigor, estão deslocadas do contexto de que fazem parte no romance? Mais ainda: qual a relação entre o idealismo democrático – e utópico, claro – do capitão Vitorino e a evolução das elites brasileiras de 1930 a 1943 (e mesmo depois)? Como se enquadra a reorientação temática de José Lins do Rego na evolução das elites políticas da época e do grupo social a que ele pertencia?

A utopia liberal-democrata

Em *Fogo morto* há uma revolta tanto contra a ordem econômica injusta quanto contra a ordem política inaceitável. Resumindo em si estas duas revoltas, levanta-se a voz comovente do herói impoluto que é o capitão Vitorino da terceira parte, resultado de uma profunda metamorfose ocorrida ao longo do livro (a alcunha de *Papa-Rabo* é completamente esquecida na terceira parte e o capitão se vê envolvido numa aura de heroicidade quixotesca, obtendo o respeito geral e a aceitação por parte do filho).

Tenha ou não o autor conhecido na infância um tipo grotesco que servisse de base à criação de Vitorino, isto não tem a mínima importância. O que importa é que, no contexto em que está inserido, o capitão Vitorino é "anacrônico" e que sua visão de mundo está muito próxima à dos grupos liberais-democratas que, no final de 1930 e no início de 1940, lutavam contra o governo de Vargas.

E aqui parece estar a pista que permitirá compreender o "anacronismo" de Vitorino e, por extensão óbvia, a reorientação inesperada que José Lins do Rego imprime à sua visão de mundo sobre os temas do ciclo da cana-de-açúcar. O que teria acontecido nos anos que precederam a publicação de *Fogo morto* em 1943? Algumas hipóteses podem ser levantadas. Se aceitas, talvez permitam responder às perguntas feitas acima.

José Lins do Rego, por nascimento (menino de engenho), formação (bacharel no Recife) e posição (escritor e fiscal do imposto federal, cargo este de considerável importância na época e muito bem remunerado), pertencia ao núcleo mais importante e mais numeroso da elite intelectual e política de sua geração (atuante, *grosso modo*, de 1920 a 1968), núcleo que pode ser denominado aqui, apesar de certa imprecisão, *liberal-democrata*.

Com origem próxima às raízes positivistas e "esclarecidas" dos militantes republicanos do final do século XIX, o grupo vai se ampliando com o correr do tempo. Seus integrantes pertenciam, normalmente, às famílias tradicionais urbanas, ou às da aristocracia rural das regiões periféricas ao núcleo cafeeiro, e agiam na faixa das chamadas *profissões liberais*: bacharéis, jornalistas, escritores, médicos etc. Sem uma consciência burguesa propriamente dita, sem qualquer unidade, sem uma visão histórica que permitisse a organização de um projeto de transformação da sociedade brasileira, enfim, sem uma consciência de classe no sentido mais profundo do termo, os liberais-democratas aferravam-se a ideais modernizadores, como a liberdade de expressão, a ordem republicana e democrática, o livre debate político e a igualdade social (utópica, é claro, pois as preocupações com o problema social jamais tiraram o sono dos liberais-democratas, mesmo em décadas recentes). Com atuação destacada desde os anos de 1920 – a "campanha civilista" de Rui Barbosa poderia ser tomada como marco inicial –, o grupo liberal-democrata exerceu considerável influência sobre as esferas do poder, prolongando-a até a segunda metade do século XX, com alguns de seus últimos e conhecidos representantes.

Mas de 1930 a 1945 – precisamente o período em que José Lins do Rego criou sua obra romanesca –, a visão liberal-democrata sofreu golpes que, em violência, somente seriam igualados ou superados pelos de 1964 e, principalmente, 1968 (13 de dezembro, o AI-5). As causas fundamentais dos abalos sofridos pela visão liberal-democrata no período de 1930 a 1943 foram:

– A queda da República Velha, que de forma alguma podia mais responder às necessidades do processo histórico brasileiro, e a ascensão de Getúlio Vargas.

– A aceleração dos processos de industrialização e urbanização, com o surgimento de um novo e importante fator no panorama do jogo político nacional: a massa do proletariado urbano, habilmente manobrada por Vargas, que demonstrou, na ocasião, possuir acurada visão do processo histórico e da grande potencialidade deste novo ator do cenário político.

– O aparecimento das minorias radicais ativistas de inspiração marxista (Prestes) e fascista (Plínio Salgado) que, ambas, tentariam golpes de Estado, em 1935 e 1937, respectivamente.

– A ascensão do fascismo e do nazismo na Europa (Alemanha, Itália, Espanha e Portugal), fato que provocou grande trauma nas elites liberais-democratas de todo o Ocidente.

– A guerra de 1939, com as estrondosas vitórias militares iniciais da Alemanha e de seus aliados.

– Finalmente, a instalação de um regime semelhante aos regimes fascistas europeus em 1937, quando Vargas implantou o Estado Novo, suprimindo a liberdade de expressão e todas as franquias democráticas que, utópicas ou não, eram a menina-dos-olhos das elites liberal-democratas brasileiras.

Tais fatos, amontoados uns sobre os outros em cerca de dez anos, geraram, como era de se esperar, séria crise na consciência do grupo liberal-democrata. José Lins do Rego, apesar de pertencer a esta elite, não foi, ao contrário de parcela considerável de seus integrantes, militante político. Inclusive, em certo momento, parece ter demonstrado simpatia pelo integralismo. Contudo, como se pode comprovar através de seus próprios depoimentos,[19] estava perfeitamente integrado no grupo social que mais sentiu a pressão dos acontecimentos históricos daquela década decisiva para o Brasil.

Numa interpretação histórica, pode-se dizer que José Lins do Rego – e este é o ponto fundamental –, movido mais ou menos inconscientemente por tais pressões, foi levado a rever criticamente sua fase romanesca anterior, depois de um período de indefinição que vai de *Usina* (1936) a *Fogo morto* (1943) e que deu como resultado quatro romances completamente, ou quase, desligados da temática do ciclo da cana-de-açúcar (*Pureza*, *Pedra bonita*, *Riacho doce* e *Água mãe*). Pondo fim à fuga a esta temática e à confusão manifestada em *O moleque Ricardo* (1935) – as lutas em Recife não têm qualquer sentido coerente e o autor parece abalado perante fatos que lhe fogem à compreensão –, José Lins do Rego explode com *Fogo morto*, sua obra-prima, revisando a temática

---

19 *José Lins do Rego: modernismo e regionalismo.* p.187-94.

de sua obra ligada ao ciclo da cana-de-açúcar e tomando posições políticas e ideológicas bem definidas.

Esta mudança repentina e inesperada encontra sua melhor explicação no contexto de uma visão crítica que coloque a obra de ficção – e, por extensão, toda obra de arte, obviamente – como integrante e produto das estruturas históricas em que surge.

Assim, José Lins do Rego, impulsionado pelas pressões das estruturas históricas sobre o grupo de que fazia parte, abandona sua postura básica de frio observador, de mero constatador de realidades, para engajar-se na defesa dos ideais da elite liberal-democrata brasileira, então seriamente ameaçados. Este engajamento se concretiza na reafirmação radical dos ideais do grupo através da voz vibrante de Vitorino, que prenuncia a queda do Estado Novo e a restauração das franquias democráticas em 1945. Vitorino é, portanto, a consciência de José Lins do Rego que explode sob a pressão das estruturas históricas. Mais: é a consciência de um grupo que vê ameaçada sua visão de mundo e se rebela e se reafirma através de um de seus membros menos comprometidos diretamente com as vicissitudes políticas da época.

A dialética entre passado e presente, a tensão resultante da encarnação da consciência presente do autor em uma personagem do passado, determina a grandeza de Vitorino, figura principal de um universo imaginário coerente ou quase coerente, cuja estrutura correspond(e)ia àquela para a qual tend(e)ia o conjunto do grupo[20] liberal-democrata brasileiro no período que vai de 1930 a 1945.

Esta parece ser a resposta às perguntas anteriormente feitas. Resta explicar o porquê da utilização do termo *utópico* para caracterizar o idealismo democrático do capitão Vitorino.

O idealismo democrático em *Fogo morto*, encarnado por Vitorino, e os ideais da elite liberal-democrata brasileira da época (1930-1943) podem ser qualificados de utópicos porque se identificam com uma posição ideológica e com uma visão de mundo que, por motivos diversos, jamais pretenderam, a sério e de forma coerente, criar as bases para aquilo que os historiadores e teóricos políticos chamam de *revolução burguesa*. A classe dominante da República Velha e a burguesia industrial/financeira, surgida nos grandes centros urbanos a partir da segunda ou terceira década do século XX, jamais tiveram qualquer interesse real em realizar as transformações socioeconômicas exigidas pelo processo histórico sob pena de surgirem tensões incontroláveis. E é profundamente sintomático que as reformas colocadas em marcha a partir de 1930 o tenham sido pelo governo de Vargas, que não pode ser propriamente considerado um ideal para os liberais-democratas.

O idealismo liberal-democrata – cuja defesa é tão clara em *Fogo morto* – foi utópico antes e depois da

---

20 GOLDMANN, Lucien. *Sociologia do romance.* Rio de Janeiro: Paz e Terra, 1967. p. 209.

Revolução de 30 e continuou sendo depois de 1945. Sua falência completa, porém, apareceria apenas em 1964 e, particularmente, em 1968, quando a elite liberal-democrata brasileira – congregada então especialmente em torno da UDN e, em parte, do PSD – foi mortalmente golpeada, dando origem a uma crise institucional cuja saída, dentro dos quadros da visão liberal-democrata, continua sendo até hoje uma incógnita.[21]

As elites liberal-democratas – cuja visão de mundo foi fixada para sempre, de forma magistral e comovente na personagem do capitão Vitorino – não puderam ou não quiseram entender o que hoje é tão evidente no Brasil e em todo o continente: não é com discursos feitos à base de retórica vazia, com atos quixotescos, com a defesa de uma democracia e de um igualitarismo da boca para fora que uma sociedade vai defender os valores do humanismo e da civilização. Indiscutivelmente, os tempos de Cleon passaram, no Brasil e em todo o continente. O imprescindível para uma sociedade é a reforma corajosa e profunda de suas próprias estruturas de acordo com as exigências da história e da evolução da consciência dos integrantes de todo o processo social. Caso contrário, alto, muito alto é o preço a pagar. Mas este é um outro assunto.

---

21 Este texto foi escrito em 1969 (nota de 2001).

6
OS CORUMBAS:
NASCE O PROLETARIADO INDUSTRIAL

Amando Fontes é um dos menos conhecidos entre os *romancistas de 30* e um crítico chegou a afirmar que sua obra principal, *Os Corumbas*, não pode ser qualificada de romance.

É compreensível. *Os Corumbas* não apresenta heroínas cheias de *glamour*, nem heróis encurvados sob o peso de seus problemas existenciais. *Os Corumbas* descreve simplesmente a miséria física e moral gerada pela impiedosa exploração da mão-de-obra proletária durante o primeiro grande surto de industrialização no país.

No vigor de sua descrição e na contundência do ataque implícito a esta situação, a obra de Amando

Fontes se sobrepõe a qualquer um dos *romances de 30*, aproximando-se de clássicos do gênero como *Germinal*, de Émile Zola, e, principalmente, de *Huazipungo*, do equatoriano Jorge Icaza.

O enredo é muito simples. Fugindo da seca no interior de Sergipe e, depois, da pobreza generalizada da zona rural, a família Corumba – Geraldo e Josefa, os pais, Pedro, Rosenda, Bela, Albertina e Caçulinha, os filhos – migra para Aracaju em busca de uma vida melhor. Ali, no início da década de 1920, as primeiras grandes indústrias têxteis funcionavam a todo o vapor. E os Corumbas partem em busca do Eldorado urbano.

Não é necessário muito tempo para que o sonho se desfaça. Numa situação de quase miséria, comum a todos os operários das indústrias de fiação de Aracaju, e enfrentando, além disto, outros valores comportamentais que os do mundo agrário de que proviera, a família Corumba vai se desagregando rápida e inevitavelmente, como se uma maldição pesasse sobre ela e a tivesse condenado sem misericórdia. Ao final, restam apenas os dois velhos, que, cansados do rosário de degradação e miséria, retornam sem esperança ao interior.

Indiscutivelmente, Amando Fontes não pode agradar a alguns dos críticos do *establishment* literário brasileiro. Porque, sem dúvida, ele não tem bom gosto. Num amplo painel, que lembra um pouco a descrição que Marx faz da situação operária na Inglaterra durante a Revolução Industrial, em *O capital*, lá estão, nas fábricas de *Os Corumbas*, as crianças raquíticas, as moças tuberculosas, as mulheres grávidas, os operários mortos pela falta de segurança, as operárias para as quais resta a prostituição como única alternativa de sobrevivência e os agitadores políticos que marcham para a cadeia. E, do outro lado, o capital explorador da época da primeira fase da substituição de importações no Brasil, no início dos anos de 1920, quando as leis trabalhistas ainda não existiam e quando as situações descritas em *Os Corumbas* eram comuns. Para observar isto, basta folhear os jornais e panfletos das incipientes organizações operárias da época, mesmo no sul.

Em nenhuma outra obra do *romance de 30*, mesmo naquelas da fase panfletária de Jorge Amado, a exploração e a miséria foram tão dramaticamente denunciadas. Melhor seria, talvez, dizer descritas. Porque *Os Corumbas* não é um panfleto político-ideológico, não é uma obra ao estilo do *realismo socialista*. É simplesmente uma obra em que as personagens pertencem a um grupo social condenado a viver em condições sub-humanas. E é por isto, porque *Os Corumbas* é construído simplesmente como uma descrição rigorosamente realista, que, quase meio século depois de escrito, ele mantém todo o seu vigor, o vigor de um dos melhores *romances de 30*.

Simples, até esquemático, com a característica "ingenuidade" histórica do *romance de 30*, sem dúvida. Afinal, estas são qualidades na obra de Amando Fontes.

Mas, talvez não seja nenhuma temeridade dizê-lo, é por elas que *Os Corumbas* será cada vez mais lembrado e mais lido e sairá do semi-esquecimento a que, compreensível mas injustamente, foi relegado até hoje.

7
OS RATOS

Agraciado com o Prêmio Machado de Assis em 1935, em concurso de grande repercussão nacional, *Os ratos* desfrutou, sem percalços e desde o início, de ampla e incontestada fama, para o que, fora de dúvida, colaborou a militância política do autor, nas décadas de 1930 e 1940, que chegou a ser deputado estadual pelo Partido Comunista Brasileiro. No entanto, ao contrário de tantas obras de tantos outros autores que adquirem fugaz notoriedade em circunstâncias semelhantes e logo desaparecem sem deixar vestígios, *Os ratos* sobreviveu incólume ao passar do tempo e às mudanças históricas.

Fazendo parte daquelas poucas obras – poucas em relação às de temática agrária – que no chamado *romance de 30* têm sua ação localizada exclusivamente no espaço urbano, como *Angústia*, e *Os Corumbas* e *Capitães da areia*, o romance de Dyonélio Machado não raro foi comparado a obras de autores russos, como *Pobre gente*, de Dostoyevski, e *O capote*, de Gogol, ou até mesmo a *Ulisses*, do irlandês James Joyce. Ainda que tais referências de pouco ou nada sirvam como instrumento de interpretação, levando quase sempre ao descaminho e à confusão, a verdade é que, no caso específico de *Os ratos*, tais referências, embora desnecessárias, possuem uma lógica indiscutível, por indicarem, com propriedade, pelo menos dois núcleos temáticos fundamentais: a vida dos deserdados numa sociedade urbana pré-industrial e o périplo de um indivíduo em sua luta pela sobrevivência.

Com efeito, no primeiro caso, o espaço físico em que se movimenta Naziazeno Barbosa e a temática que informa *Os ratos* são rigorosamente urbanos – *universais*, diriam os críticos literários brasileiros do passado –, pouco ou nada se diferenciando, no que a isto diz respeito, de inúmeras obras e de tantas outras personagens da grande tradição narrativa ocidental, em particular do séc. XIX e XX. Não há, em *Os ratos* e em Naziazeno Barbosa, quaisquer elementos que os particularizem como produtos de outra sociedade que não seja a urbana – não há elementos *regionalistas*, diriam, de novo, os críticos literários brasileiros do passado, utilizando o termo como sinônimo de *agrários*. De fato, no círculo férreo da pobreza e no limite ameaçador da miséria, os deserdados de *Os ratos* se movimentam constante e exclusivamente pelas artérias de um espaço urbano definido e demarcado e nada os liga ao mundo agrário, a não ser o leite e a carroça do leiteiro e a fugaz lembrança de uma fartura idealizada (cap. II). Nesta prisão cuja totalidade exata é impossível captar e na qual a riqueza é pouca e não há empregos bem remunerados, os ratos/personagens – a ambiguidade do título é óbvia – se dedicam a coletar níqueis que lhes garantam o pão, e o leite, à mesa. Não há conflitos, não há dramas, não há teorias, quaisquer que sejam.

Para os deserdados da sociedade urbana pré-industrial – que parece desconhecer a criminalidade – de *Os ratos*, a perambular, sem passado e sem futuro, pelos caminhos de um mundo adverso e inóspito, não há esperanças que transcendam a sobrevivência biológica, presença constante e opressiva a delimitar contínua e implacavelmente o horizonte de sua visão. Por isto, *Os ratos* pode, de fato, segundo uma terminologia já obsoleta, ser considerada paradigma de uma obra *universal* – isto é, de temática urbana – que descreve minuciosamente a vida de espécimes da fauna humana que povoava as metrópoles pré-industriais do passado. É por isto também, e não por mera coincidência, que lembra a Rússia de Dostoyevski e de Gogol.

Contudo, em segundo lugar, mais do que fixar a vida de um grupo social específico do espaço urbano, *universal*, do Ocidente moderno, *Os ratos* é o relato de uma viagem, um dos *tópoi*, ou temas, mais clássicos da narrativa ocidental, desde a *Odisséia*, de Homero, passando pelo *Satíricon*, de Petrônio, pelos romances medievais, pelos romances picarescos, pelo *Peregrino da América*, de Nuno Marques Pereira, por *Tom Jones*, de Fielding, e tantos e inúmeros outros, até *Ulisses*, de Joyce, e *Grande sertão: veredas*, de Guimarães Rosa. De fato, no exíguo tempo de 24h e no limitado espaço de uma cidade, Naziazeno Barbosa realiza um périplo desesperado em busca de 53 mil réis, elevando-se da condição de anônimo pai de família e pequeno funcionário público à de herói que retorna, vitorioso, à sua Ítaca familiar, na qual Adelaide e Mainho, qual Penélope e Telêmaco, proletários da sociedade urbana pré-industrial, esperam ansiosos sua volta, garantia e certeza da comum sobrevivência. E nesta versão minimalista, prosaica e vulgar das aventuras mediterrâneas do Ulisses homérico não faltam nem mesmo o fatal canto das sereias, a que o herói, inadvertidamente, sucumbe, hipnotizado (a roleta), nem figuras misteriosas e assustadoras (o dr. Otávio Conti e o sujeito desconhecido).

Assim, Naziazeno Barbosa, paradigma insuperável da desimportância e do anonimato a que estão condenados milhões de seus pares nas megalópoles modernas, adquire inesperada e insuspeitada grandeza épica. E deste radical contraste e desta monstruosa desproporção entre o herói e seus feitos – que não mereciam nem mesmo uma nota avulsa em um jornal de bairro – e sua grandeza de símbolo do homem comum que sobe à ribalta da cena social e da arte nasce o fascínio de *Os ratos*. Quer dizer, o fascínio de Naziazeno Barbosa, que, ao longo de seu ao mesmo tempo prosaico e dramático périplo em busca de 53 mil réis, se transforma em herói, iluminado pela aura de uma era, uma era em que os heróis não podem ter outra grandeza que não a de não tê-la.

Nesta perspectiva, *Os ratos* se eleva à dimensão de um clássico da ficção brasileira do séc. XX. E por isto, tal como seu protagonista, a obra sobreviveu e sobrevive, contra toda a esperança, ao mais devastador e impiedoso dos inimigos: o tempo.

8
MEMÓRIAS DO CORONEL FALCÃO
A CRISE DA OLIGARQUIA GAÚCHA

Até 1974, alguém acostumado a referir a literatura – e, em particular, a ficção real-naturalista ao estilo do *romance de 30* – à história das sociedades em que ela surge poderia dizer que havia uma lacuna no Rio Grande do Sul.

De fato, se *O tempo e o vento* era o autoelogio – não importa que melancólico na última parte – da oligarquia gaúcha; se a obra de Cyro Martins podia ser vista como a crítica, a partir de fora, da estrutura socioeconômica sobre a qual se baseara o poder desta mesma oligarquia; e se, afinal, *Os ratos*, de Dyonélio Machado, insinuava a existência da miséria que atingia alguns grupos urbanos, se tudo isto era verdade, por que não fora escrito algo que mostrasse de forma direta e clara a crise da oligarquia diante de sua própria decadência e diante dos demais grupos sociais com os quais se defrontava?

Afinal, se a estrutura oligárquico-rural do Rio Grande do Sul representara papel tão importante no contexto da sociedade brasileira da primeira metade do século XX, como o demonstra a história do país, por que sua crise não teria propiciado o surgimento de um romance? Não haveria nada mais do que a sátira amarga de Amaro Juvenal (Ramiro Barcelos) em seu *Antônio Chimango*?

Inesperadamente, com quase cinquenta anos de atraso, foi editado *Memórias do coronel Falcão*, de Aureliano de Figueiredo Pinto. Escrito no final da década de 1930, recusado pelas editoras locais em virtude de conter elementos de natureza diretamente política e histórica que poderiam desagradar aos remanescentes da velha classe dirigente, o romance acabou sendo editado vários anos depois da morte de seu autor.

A obra de Aureliano de Figueiredo Pinto era o elo que faltava e que impedia uma visão de conjunto, em termos de análise histórico-sociológica, da ficção no Rio Grande do Sul. Em termos mais claros, Aureliano de Figueiredo Pinto é a ponte entre o Erico Verissimo de *O tempo e o vento* – a formação, o apogeu e o início da decadência da estrutura oligárquico-rural do estado, vistos a partir de uma perspectiva claramente idealizante e intraclassial[22] – e Cyro Martins e Dyonélio Machado – o aflorar da consciência crítica dos grupos médios urbanos de Porto Alegre. *Memórias do coronel Falcão* é o elo que faltava: a crise, vista de dentro, da estrutura oligárquico-rural sul-rio-grandense a partir de seu defrontar-se com as exigências dos novos tempos.

Diante da miséria quase proletária das personagens de Cyro Martins e Dyonélio Machado, Falcão perde a inocência e a pose dos Terra-Cambará. Esta é a crise e a grandeza de Falcão. A personagem criada por Aureliano de Figueiredo Pinto faz explodir, pulveriza e aniquila os clichês do *gauchismo*, os belos e ridículos cartões postais, as ideias preconcebidas e leva de roldão, inapelavelmente, a sub-reptícia ideologia da velha classe dominante, que era o envoltório necessário a tudo isto. Sem dúvida, se o livro tivesse sido publicado antes não teria feito qualquer sucesso, pelo menos no Rio Grande do Sul.

Aquela sensação de mal-estar que temos ao ler a obra de Aureliano de Figueiredo Pinto, aquele prenúncio constante de que algo vai explodir, tudo isto

---

22 Parece claro que em *O tempo e o vento* os conflitos – reais e simbólicos – envolvem fundamentalmente (se bem que não exclusivamente, como o provam as personagens que integram a família Caré) – facções de uma mesma e homogênea classe dominante.

procede da crise da personagem central, da ausência de uma identidade, de seu oscilar entre o mundo oligárquico-rural e a nascente estrutura urbana do Brasil moderno que então se delineava no horizonte. Entre as estruturas quase feudais, desumanas e em vias de se tornarem ultrapassadas historicamente e o aflorar do capitalismo urbano (veja-se a presença dos bancos), não menos desumano mas, sem dúvida, mais aberto e democratizante se referido à antiga estrutura econômica.

Em termos claramente históricos e políticos, talvez se possa dizer que o coronel Falcão – no contexto do tempo em que se passa a ação do romance – é o porta-voz das elites oligárquico-rurais dissidentes e modernizantes do Rio Grande do Sul que comandariam a Revolução de 30, fazendo-a, apenas parcialmente, é claro, antes que o povo a fizesse.

Ao contrário do que ocorre em *O tempo e o vento*, em *Memórias do coronel Falcão* é clara a existência de uma fissão nas classes dominantes. Falcão, com a lucidez adquirida em seu defrontar-se com o mundo urbano, desmistifica tudo:

> "A assistência compunha-se das duas grandes classes dirigentes do Brasil: de quarenta anos para cima, coronéis; daí para baixo – doutores. Anéis de grau e cavanhaques em profusão." (p. 67)

E torna-se assim o porta-voz da modernização e, consequentemente, o catalisador momentâneo da crise subjacente à estrutura desmistificada e ultrapassada. Falcão é o precursor de Vargas na campanha sul-rio-grandense. Ou seja, um populista prematuro e, por isto mesmo, condenado ao fracasso político, mas destinado à glória simbólica da arte.

De forma coerente, a crise de Falcão, gerada pelo choque entre passado e futuro, não fica apenas no plano dos temas diretamente políticos e sociais. Ela se estende também à vida particular da personagem central, em particular à paixão de Falcão por Stelita, narrada de forma magistral, em contraponto, lembrando a conhecida técnica da antecipação, de Shakespeare (*Macbeth*, por exemplo).

Também neste plano, estritamente individual, é clara a dramática dualidade da personagem central. De um lado, a paixão, real, empírica, e até socialmente sacramentável depois do divórcio de Stelita. De outro, o orgulho patriarcal de Falcão. Ao escolher, decide-se – só podia ser assim! – pelo último, recusando a saída viável que se lhe oferecia em termos modernos, quer dizer, em termos dos valores das estruturas urbanas nascentes. E a mentira final é a confissão dolorosa da recusa consciente e, por isto, mais dolorosa ainda, porque inevitável.

A dualidade de Falcão e a crise daí resultante atinge o próprio estilo do romance, que não consegue – como *Fronteira agreste* e ao contrário de *São Bernardo* – estabelecer uma homogeneidade entre a linguagem do narrador e a das personagens. Mas em *Memórias do coronel Falcão* os desníveis não se materializam pelo uso de dois códigos de linguagem, de duas formas gramaticais de falar. Eles surgem do uso daquilo que, salvo engano, os linguistas chamam de *registro*. Quer dizer, surge do uso de duas maneiras de falar – no caso, escrever. Uma sofisticada, mais "literária", própria de documentos, discursos e solenidades. A outra mais simples, próxima da linguagem coloquial comumente utilizada pelas pessoas. Mas esta última regida também pelas normas gramaticais a que está submetida a primeira.

Apesar disso ou, talvez, por isto mesmo, *Memórias do coronel Falcão* deverá permanecer como um dos bons *romances de 30*.

9
FRONTEIRA AGRESTE:
O ROMANCE DA FAZENDA

Entre os clássicos do *romance de 30*, *Fronteira agreste*, de Ivan Pedro de Martins, era até há pouco tempo um dos menos conhecidos, ao lado de *Terras do sem fim*, *Os Corumbas* e *Memórias do coronel Falcão*. No entanto, é um dos mais característicos e um dos melhores títulos do *romance de 30*.

Que seja, pelo menos, um dos mais característicos, disso não se pode duvidar.

Em primeiro lugar, ele se atém rigidamente às normas da ficção realista/naturalista. Em segundo, fixa estruturas históricas perfeitamente identificáveis por suas características econômicas e sociais. No caso, uma fazenda de pecuária extensiva localizada na região sudoeste do Rio Grande do Sul, não distante de Dom Pedrito e Bagé. Em terceiro, a ação se desenrola fundamentalmente no espaço agrário próximo à costa, com a qual são mantidas relações normais através da venda e compra de produtos e das viagens dos proprietários.

Finalmente, a perspectiva do narrador é, de um lado, crítica e, de outro, ingênua. Crítica porque, ao apresentar as formas de vida da sociedade em questão, deixa claro que elas não são ideais, não são justas, não são aceitáveis politicamente. *Ingênua* se comparada com a da maior parte da ficção brasileira das últimas décadas do século XX. Como para todos os *romancistas de 30*, também para Ivan Pedro de Martins o mundo é compreensível, reformável, organizável. Em *Fronteira agreste* não se sabe bem o que fazer para reformar o mundo, mas é certo que isto deveria e poderia ser feito.

Contudo, apesar de adaptar-se perfeitamente à definição de *romance de 30*, a obra de Ivan Pedro de Martins apresenta algumas particularidades que a distinguem dos demais.

A mais marcante delas, sem dúvida, é a de não ressaltar, de não dar destaque a este ou aquele *herói* (no sentido de *personagem*). Como em nenhuma outra obra de seus pares, o autor fixa em *Fronteira agreste* o que se poderia chamar de "pequenos destinos justapostos". Mas *justapostos* não quer dizer desligados uns dos outros.

Na verdade, a grande, a única personagem de *Fronteira agreste* é a unidade produtiva da fazenda. As personagens em si, do patrão ao peão mais miserável, só existem em função dela, nada fazem que não seja resultado direto do fato de estarem nela inseridas.

Esta unidade produtiva está claramente ancorada no tempo: na terceira década do século XX, em meio ao avanço dos frigoríficos, do capital financeiro e do alvorecer de uma incipiente agitação social (os peões já querem discutir o preço de seu trabalho, por exemplo).

E é notável como a visão coletiva dos destinos individuais em *Fronteira agreste* acaba fazendo com que o romance tenha uma força de denúncia social mais contundente do que, por exemplo, algumas obras da chamada *primeira fase* de Jorge Amado, *Estrada nova*, de Cyro Martins, e *Memórias do coronel Falcão*, de Aureliano de Figueiredo Pinto, obras nas quais a verbalização dos problemas sociais e políticos ao nível do narrador e das personagens é mais direta. Parece que nestas obras o destaque dado aos destinos individuais das personagens tem o efeito de *glamourizar* o mundo narrado e amortecer o impacto da denúncia.

Outro elemento que caracteriza *Fronteira agreste* é a existência de certa dicotomia, muito evidente, pelo menos, para o leitor de hoje. O romance, quase até o final, dá a sensação de que o mundo de Santa Eulália, a fazenda-personagem, é um mundo morto, sem qualquer futuro. Mas, no último parágrafo, há uma reviravolta e Santa Eulália parece destinada a sobreviver para sempre, segundo o processo do eterno retorno. Um tema sem dúvida interessante para uma análise mais aprofundada de *Fronteira agreste* e de algumas outras obras do *romance de 30* que, de maneira diversa entre si, deixam transparecer uma simpatia nostálgica pelo passado.

Finalmente, Ivan Pedro de Martins enfrenta de forma direta um problema até há pouco tempo nunca bem equacionado na ficção brasileira: o dos desníveis de linguagem.[23]

Não tem sentido discutir se o autor está certo ou errado. O dilema sempre foi: ou se fixavam na narrativa os desníveis de linguagem ou se procedia a uma filtragem, submetendo-a à gramática do *código urbano culto* da orla atlântica. Neste último caso, o leitor urbano sente-se "em casa", não fica chocado. Afinal, o texto é um texto gramaticalmente correto, mesmo quando apresenta expressões e termos específicos das regiões agrárias nas quais se desenrola a ação. Este processo de filtragem exigiu sempre a eliminação dos diálogos, sob pena de transmitir – sempre para o leitor urbano

---

23 É sintomático que, na história da narrativa brasileira, as únicas obras que equacionam completamente este problema sejam também aquelas que rompem de maneira radical com a tradição da ficção real-naturalista brasileira e, por extensão, europeia, como *Grande sertão: veredas* e *Sargento Getúlio*, por exemplo, nas quais desaparece a dicotomia entre narrador e mundo narrado, entre a costa urbana e o interior agrário. Mais sintomático ainda é que a ação destas obras se desenvolva em regiões afastadas da costa e de suas mediações. Regiões que – por razões de ordem histórica – possuem ou, melhor, possuíam estruturas econômicas, sociais e culturais totalmente estranhas à costa urbana e às unidades produtivas das imediações desta.

– a sensação de falsidade (um peão falando como um bacharel, um analfabeto dominando todas as normas gramaticais etc.). Em *Fronteira agreste*, ao contrário, o autor opta pelo registro dos desníveis de linguagem nos diálogos, o que leva, inevitavelmente, o leitor a sentir-se desconfortável diante da sanção cultural implícita, embora involuntária, que isto representa (é um falar *errado*!) e do fracionamento social que isto revela (é um mundo diferente daquele ao qual pertencem o narrador e o leitor!). Pois, como foi visto ao se analisarem as características do *romance de 30*, o narrador nunca abandona a linguagem *culta* das cidades da costa.

Mas os leitores urbanos, os letrados e até os autores podem ficar tranquilos, pois não terão mais que enfrentar este problema: dentro de pouco tempo, a televisão, o grande aríete da homogeneização do país, a partir dos interesses econômicos e das peculiaridades socioculturais da sociedade urbana da costa, se encarregará de eliminá-lo. E, como diria Swift, Shaw ou Millôr Fernandes, o fato de sermos iguais na linguagem é a melhor prova de que, afinal, somos iguais em tudo. Ou não?

Há alguns momentos de retórica política ultrapassada e a obra não tem a importância e a coerência de *São Bernardo*, *O tempo e o vento*, *Fogo morto* ou *Terras do sem fim*, sem dúvida. Mas, apesar disso, *Fronteira agreste* é um dos melhores *romances de 30*.

10
O TEMPO E O VENTO 1:
O AUTOELOGIO DA OLIGARQUIA GAÚCHA

Se *São Bernardo*, por sua densidade e perfeição formal, pode ser considerado a súmula em que se concentram todas as características do que foi definido como *romance de 30*, *O tempo e o vento*, de Erico Verissimo, também ocupa um lugar semelhante. Poder-se-ia considerar esta obra de Erico Verissimo como a mais característica do *romance de 30* em termos estritos de amplitude temática.

De fato, *O tempo e o vento* não é apenas a fixação de um momento ou de momentos específicos, mais ou menos isolados ou cronologicamente delimitados, de uma das zonas agrárias brasileiras localizadas ao longo de uma faixa próxima ao Atlântico, como, por exemplo,

A bagaceira, O quinze, São Bernardo, Fogo morto, Estrada nova etc. Não, *O tempo e o vento* é a tentativa, a única, de abranger globalmente no tempo e no espaço uma destas zonas agrárias. Esta tentativa se materializa na apresentação de amplo e completo painel da formação do patriciado rural sul-rio-grandense, ou do grupo oligárquico-rural sul-rio-grandense, se se quiser.

É neste contexto que devemos colocar a obra se quisermos descobrir o conjunto de valores, valha dizer, a visão de mundo a partir da qual sua estruturação como obra de ficção foi possível.

O que é *O tempo e o vento*? Em termos de enredo, é a história das famílias Terra-Cambará, que começa em meados do séc. XVIII, com Pedro Missioneiro, um índio desgarrado, e termina por volta da metade do séc. XX, com Floriano Cambará, que procura recuperar a saga de seus antepassados, dedicados, todos eles, à pecuária extensiva nos campos sul-rio-grandenses, às consequentes lutas pela posse da terra e às atividades políticas. Sem esquecer, naturalmente, que-fazeres mais prosaicos da existência, como o amor, a preocupação pela continuidade do clã etc.

Mas tudo isto não é mais que a mera superfície, detectável por qualquer leitor de uma noveleta policial de quinta categoria. O fundamental, se se pretender aprofundar um pouco mais a leitura da obra, é estabelecer uma série de elementos presentes no texto, obviamente, mas que nem sempre chamam imediatamente a atenção, dispersos que estão ao longo do desenrolar de toda a narrativa.

Neste sentido, é preciso estabelecer três dados básicos:

1) Qual o eixo central que dá sentido, por fornecer homogeneidade a toda a narrativa, à história contada em *O tempo e o vento*? Em outras palavras, e em última instância: *qual* é a história que nos é contada em *O tempo e o vento*?

2) Qual a relação entre os elementos presentes na narração em si e o momento em que o autor os organiza?

3) Qual o significado subjacente, qual a coerência ideológica – no sentido amplo de *visão de mundo* – do mundo que é narrado na obra?

O eixo central

O tempo e o vento tem como eixo central, ou, melhor, *é* o autoelogio, exaltado e melancólico ao mesmo tempo, do patriciado rural sul-rio-grandense. É a história dos *pais da Pátria* gaúchos, contada na perspectiva *deles*, através da utilização de toda uma mitologia autojustificadora que ainda hoje ressoa no estado, com ecos o mais das vezes cômicos, em solenidades oficiais: o índio libertário, o gaúcho heroico, a democracia racial, produto da famosa "miscigenação", as matronas exemplares e assim por diante.[24]

---

24 V. DACANAL, J. H. & GONZAGA. Sergius (orgs.). *RS: cultura e ideologia*. Porto Alegre: Mercado Aberto, 1980.

Os elementos que o constituem

Estes elementos fundamentais não surgiram como por encanto em *O tempo e o vento*. Eles já se encontravam racionalmente estruturados – como autojustificação da hegemonia exercida e como meio de preservação da mesma diante das ameaças que começavam a se desenhar levemente no horizonte – lá pelo final do séc. XIX. Eles integravam perifericamente o que se poderia chamar de *Aufklaerung castilhista/assisista*, materializada na fundação do Partido Republicano Rio-grandense, o momento máximo da consciência política das elites sul-rio-grandenses no século XIX.

Esta *ilustração*, de caráter eminentemente europeu/ positivista, soldou a união entre os elementos mais esclarecidos do grupo oligárquico-rural sul-rio-grandense, os quais propugnavam a organização de um governo estadual forte e centralizado ao qual fosse permitido – enquanto mantinha rigidamente o poder – realizar as reformas necessárias para prolongá-lo. E foi a partir do núcleo central e da concepção política do Partido Republicano Rio-grandense que se formou a visão que a partir de 1930 comandaria a modernização do aparelho político do Estado brasileiro, integrando neste, numa solução de compromisso de âmbito estadual e nacional, tanto as próprias facções mais retrógradas da sociedade sulina quanto os novos atores do cenário político nacional, já então não mais apenas tênues sombras no horizonte mas, sim, figuras bastante definidas e até ameaçadoras (capital industrial, pequena burguesia urbana, burocracia civil-militar e operariado).

Evidentemente, em torno deste esforço desenvolvido pela elite modernizadora sul-rio-grandense nasceu todo um conjunto de elementos de propaganda ideológica destinada a dar-lhe a necessária legitimidade. E, como sempre ocorre nestes casos, o que menos importa é a fidelidade histórica. E o que mais importa é a criação de fidelidades que permitam implementar um projeto e manter o poder.

O significado ideológico subjacente a *O tempo e o vento*

Assim, pode-se perguntar: se os elementos ideológicos que formam a estrutura de *O tempo e o vento* já se encontravam presentes e mais ou menos racionalmente estruturados nas propostas das elites dirigentes sul-rio-grandenses no final do séc. XIX, por que é que apenas em meados do século XX serviam eles de material para a construção de uma obra literária?

Talvez não seja possível dar respostas categóricas a esta pergunta, ainda mais na falta de estudos aprofundados a respeito da evolução da sociedade sul-rio-grandense. Contudo, parece que a transmutação de mentiras históricas, coerentemente organizadas para justificar a hegemonia de um grupo, em obras simbólicas que fixam a trajetória sociocultural do mesmo é um fenômeno bastante comum e frequentemente contemporâneo ao auge da hegemonia ou ao início da decadência do mundo de valores do próprio grupo.

Assim, a *Ilíada*, em termos de verdade histórica propriamente dita, pode ser vista como um instrumento de empulhação manejado pelos senhores feudais jônios para mostrar como eram dignos seus "antepassados" da civilização minoico-micênica – com os quais nada tinham a ver –, em um momento em que sua hegemonia – a dos senhores feudais – começava a ser ameaçada pela nascente civilização urbana. A chamada épica medieval – *El Cid*, *Parcifal*, *Os Nibelungos* – repete praticamente o mesmo esquema, apenas em outras condições geográficas e históricas. O cinema de John Ford é a idealização de um passado que nunca existiu, o passado da livre iniciativa, da imposição da lei e da ordem pelos *pais da Pátria* norte-americanos (de fato, na realidade histórica ninguém sabe exatamente quem eram os verdadeiros marginais, se os xerifes ou os bandidos) quando já se tornara evidente, na terceira ou quarta década do século XX, que a livre iniciativa só existia mesmo para os monopólios, os quais impunham *sua* lei e *sua* ordem.

Em *O tempo e o vento*, a verdade histórica não se sai melhor, pois dos índios da fronteira restaram apenas alguns gens dispersos como resultado dos enlaces apressados dos invasores brancos com "princesas" nativas, antes que o mundo destas fosse destruído a ferro, fogo, sífilis e aguardente. Mas tão dispersos que, em termos estatísticos, dificilmente poderiam vir a provocar crises de consciência em algum varão ariano pouco informado sobre as leis de Mendel! Dos "gaúchos heroicos" poucos sobraram após terem sido utilizados como carne de canhão nas lutas das facções dominantes rivais, ou após terem sido expulsos do campo pelo avanço das cercas, do capital financeiro e, finalmente, da soja e do trigo. E se algo ficou, em termos culturais, tanto do índio quanto dos "gaúchos heroicos", isto foi transmitido por grupos marginais, aliás sem qualquer expressão quantitativa, sem nunca ter feito parte da cultura específica do patriciado rural, claramente dependente e europeizado, cujos filhos sonhavam com os prazeres de Pigalle e cujas filhas, num inócuo mas sutil *Ersatz*, tocavam ao piano dulçorosas valsas de Chopin.

Alguém poderia argumentar que, a partir do terceiro volume, *O tempo e o vento* praticamente se confunde com a história factual do Rio Grande do Sul e mesmo do país, tornando-se uma espécie de crônica histórica romanceada. É exato, e muito significativo por um paradoxo que daí decorre. Não poucos são os que observaram que o valor literário, a força narrativa, de *O tempo e o vento* vai decaindo à medida que os eventos narrados vão se identificando com a verdade factual, com a verdade histórica. E aqui se pode retornar.

Segundo parece, é no momento em que a autonomia cultural – que ela fosse dependente não modifica nada – e a hegemonia socioeconômico-política do patriciado rural sul-rio-grandense começam a desaparecer diante do avanço do capital financeiro (os bancos), da indústria nacional e/ou estrangeira (os frigoríficos) e no contexto da progressiva centralização administrativa do país – comandada, como se viu, pelos próprios herdeiros da *ilustração* castilhista/assista num momento que poderia ser considerado o do apogeu da mesma –, é neste momento que o gênio de Erico Verissimo detecta e utiliza a matéria-prima de sua criação artística. E transforma a mentira histórica (factual) na verdade artística que, em última instância, é também verdade histórica (cultural) em relação ao presente (1920 – 1960) do grupo, e não em relação ao seu passado, obviamente.

Não deixa de ser revelador que os nomes mais importantes da era que se segue à *ilustração* castilhista/assista, os que ficarão para a posteridade, sejam artistas, criadores de símbolos. Na verdade, a cultura dependente e colonizada do grupo oligárquico-rural sul-rio-grandense desvela sua identidade de forma indireta através do símbolo, mas, sob pena de deixar de ser dependente e colonizada, não poderia adquirir consciência histórica (racional) de si. O que explica o fato de a historiografia sul-rio-grandense da primeira metade do século XX, e parte da segunda, se resumir a contadores de anedotas ou colecionadores de fatos desconexos. E esclarece, por correspondência, porque a grandeza épica de *O tempo e o vento* desaparece a partir do terceiro volume da obra.

Narrada a lenda grandiosa da formação e do apogeu do patriciado sul-rio-grandense, o romancista se integra na decadência do grupo (Floriano, que o personifica, reflete isto) e parece nada mais entender, preferindo fazer a crônica histórica romanceada dos Terra-Cambará dentro das vicissitudes políticas do estado e do país e do correspondente contexto social em que se movimentam. Sua grande obra de romancista estava completa.

O que Erico Verissimo escreveu depois de *O tempo e o vento* é produto de sua crise completa como romancista (a fuga temática em *Senhor embaixador* e *O prisioneiro*) ou da dignidade de um cidadão fiel até o fim a uma visão política liberal-democrata, própria dos estratos sociais médios urbanos, em particular de seus representantes mais intelectualizados.[25] *Incidente em Antares* – publicado em um momento de aguda crise política e social no país, o período Médici – é a obra de um homem do passado, que não compreendia o que estava acontecendo mas que sabia, exatamente a partir de uma visão liberal-democrata, *o que não podia e não devia acontecer.*

Incidente em Antares é o grito de um rebelde isolado e defasado que se aferra com impressionante dignidade a seus valores pessoais, mas já sem as referências grupais, referências que são o elemento fundamental em *O tempo e o vento.* Por isto é que suas memórias soam falso. Erico Verissimo não era um cidadão político – no sentido de Afonso Arinos, por exemplo – para reorganizar em termos grupais suas experiências. Nem um *outsider*, como Henry Miller, para vomitar seu mundo. Ele era,

---

25 V. ensaio sobre *Fogo morto*, nesta obra.

antes de tudo, um criador de símbolos, símbolos referidos, primordialmente, à formação e ao apogeu do grupo oligárquico-rural sul-rio-grandense e construídos quando este começava a diluir-se.

11
O TEMPO E O VENTO-2

Uma das poucas grandes obras épicas da literatura brasileira e, sem dúvida, com lugar garantido também entre os grandes títulos da narrativa ocidental moderna, *O tempo e o vento*, da qual "O continente" é a primeira e a mais celebrada parte, não mereceu até hoje, por razões várias e variadas, a análise aprofundada e a atenção cuidadosa que sua importância exige no contexto do romance brasileiro e ocidental. Aqui, ainda que de forma sucinta e incompleta, talvez seja possível listar e comentar concisamente alguns temas que fariam parte de tal análise. Assim, abrangendo a totalidade da obra mas tomando, por outro lado, "O continente" como foco principal, será discutido brevemente a) – o que é *O tempo e o vento*; b) – os fundamentos sobre os quais a obra é construída; e c) – as contradições que a marcam.

a – O que é?

O tempo e o vento é uma obra monumental, tanto por sua extensão em páginas quanto pela ambição do projeto que a embasa.

Por sua extensão porque a obra tem cerca de duas mil páginas em formato e corpo gráficos médios. Isto significa que é duas, três ou mais vezes maior do que *Grande sertão: veredas*, *A pedra do reino* e *Os guaianãs*, ficando atrás apenas da hoje esquecida *A tragédia burguesa*, de Octávio de Faria. Também no âmbito da narrativa ocidental poucas obras superam *O tempo e o vento* em tamanho. *Guerra e paz*, de Tolstoi, e *A feira das vaidades*, de Thackeray, por exemplo, lhe ficam bem atrás. Pela ambição de seu projeto porque *O tempo e o vento* é uma obra grandiosa e rara. Este projeto é explícito e completamente transparente: trata-se de narrar a heroica saga de uma família ao longo de dois séculos e de sete/oito gerações. Mais do que isto, trata-se de fixar, em um painel monumental, o nascimento, o desenvolvimento, o apogeu e a decadência de uma sociedade, melhor dito, de uma civilização que, na visão do Autor, a partir de frágeis sementes cresceu vigorosa e única na conflagrada fronteira meridional do Brasil a partir de meados do séc. XVIII. Se excetuarmos, além dos antes citados, Honoré de Balzac, com seu caleidoscópico e também monumental painel sincrônico da sociedade francesa pós-napoleônica, e, com menor amplitude, Roger Martin du Gard, com *Os Thibault*, e Thomas Mann, com *Os Buddenbrooks* e *A montanha mágica*, *O tempo e o vento* encontra poucos paralelos na ficção ocidental.

Estas observações não pretendem tomar a extensão física e a ambição do projeto de uma obra como craveira de sua importância – o que seria, mais do que falso, obtuso – mas indicar apenas que *O tempo e o vento*, na grande tradição da narrativa ocidental moderna, para nem falar da brasileira, ocupa um lugar que não lhe foi ainda cogitado e muito menos atribuído.

b – Os fundamentos

Para o leitor médio, ainda que relativamente esclarecido, *O tempo e o vento* é visto como uma obra de história, isto é, o Autor exporia nela os fatos históricos que marcaram a formação, o desenvolvimento, o apogeu e a decadência da sociedade sul-rio-grandense. É compreensível que tal ocorra, por dois motivos. De um lado, o leitor, em particular o leitor sul-rio-grandense, já está predisposto a aceitar esta visão, pois ela é coerente com aquela recebida, mais ou menos conscientemente, em sua formação escolar e cultural; de outro, o enredo da obra é marcado, com insistência e precisão, por datas, personagens e eventos rigorosamente históricos. A impressão do leitor, portanto, se justifica – este é o *golpe de mestre* do romancista –, o que não altera o fato de ela ser absoluta e totalmente falsa. *O tempo e o vento* não é uma obra de história. É ficção, pura e exclusiva ficção.

Mas como – perguntará, por exemplo, o leitor de "O continente" –, as missões não existiram, os jesuítas não foram expulsos, Rafael Pinto Bandeira e Bento Gonçalves da Silva não são figuras da história do Rio Grande do Sul, a Revolução de 93 não ocorreu de fato? Sim. E daí? Isto não impede – pelo contrário, apenas confirma – que *O tempo e o vento* seja um impressionante repositório de lendas e mentiras (históricas) sobre a formação do Rio Grande do Sul, é verdade que mais sutilmente destiladas e insinuadas do que grosseiramente explicitadas e impostas. Para entender isto faz-se necessário ampliar e aprofundar a análise da obra, buscando os fundamentos sobre os quais ela foi levantada.

c – As contradições

Para compreender *O tempo e o vento*, e muito particularmente "O continente", é mister perceber que o romance está impregnado – o que é próprio de todas as grandes obras épicas, desde a *Ilíada* até *Grande sertão: veredas* – de uma visão positiva dos eventos narrados, de um tom de celebração dos mesmos. Em palavras mais simples: *O tempo e o vento* é a glorificação da grande gesta perpetrada pelos *pais* (e mães) *da Pátria* sul-rio-grandense, fundadores de uma sociedade de fronteira no séc. XVIII, e pelos seus sucessores, que a levaram ao apogeu no final do séc. XIX e a continuaram até meados de séc. XX. Esta glorificação dos ancestrais da raça adquire forma através de um artifício – já empregado por Stendhal em *A cartuxa de Parma* – magistralmente trabalhado pelo Autor: personagens e eventos históricos e não-históricos coexistem lado a lado, sem marcas que os distingam, nivelando-se no âmbito do enredo e, portanto, da ficção. Este *golpe baixo* tem um efeito devastador sobre o leitor: Ana Terra e Rodrigo Cambará, por exemplo – por conviverem lado a lado com Rafael Pinto Bandeira e Bento Gonçalves da Silva –, assumem sub-repticiamente a condição de personagens históricas e mais sub-repticiamente ainda transferem a estes sua grandeza de personagens ficcionais. Eis um duplo e despudorado contrabando que prepara o terreno para o segundo estágio da sofisticada arquitetura ideológica de *O tempo e o vento*: a destilação sutil de todos os mitos autojustificadores elaborados pela oligarquia rural sul-rio-grandense ao longo de dois séculos de poder: o índio libertário (e co-fundador da estirpe!), a consequente miscigenação étnica, a democracia racial, o *gaúcho* heroico e guerreiro por excelência, as matronas exemplares, a escravidão benevolente etc. Assim, o amplo e piedoso manto da ideologia oligárquica se estende pleno sobre a história da sociedade sul-rio-grandense, obnubilando as diferenças e os conflitos e soldando a fidelidade de todos os seus membros sob a bandeira única do poder secular dos senhores rurais. É desta forma que em *O tempo e o vento* todos os lugares-comuns ideológicos da visão oligárquica são contrabandeados impudentemente via ficção travestida de história (o que terá continuidade, como farsa insuperada, nos

CTGs): Luzia Silva, por exemplo, trata os negros com brutalidade e desprezo. Isto, porém, resulta do fato de ela ser uma estranha, uma intrusa, além de doente!... Como se isto não bastasse, é do Nordeste... No Rio Grande do Sul é diferente! Certo, negros são enforcados, mas é que a sentença foi proferida por um juiz maranhense... Também é verdade que os índios foram eliminados, mas um deles (um! e ainda mestiço!) é cofundador da raça (não por nada a parte que narra a história de Pedro Missioneiro e Ana Terra tem por título "A fonte")! É fato que os Carés existem, mas todos são iguais na guerra e uma deles (uma!) se torna amásia do patrão e se dá muito bem... O fundador do clã dos Amaral tinha sido ladrão de gado, sem dúvida, mas ele pertencia ao clã adversário do Terra-Cambará! Aliás, também o fundador do clã dos Terra-Cambará não era trigo limpo. Ele, porém, se redimira do passado e decidira ser estancieiro... E assim por diante.

Seria, porém, um equívoco brutal e imperdoável, próprio de ingênuos e/ou tolos, reduzir simplória e simplificadamente *O tempo e o vento* a um repositório de chavões e asneiras que circulam nos galpões dos CTGs por entre patrões, peões e prendas de fancaria. *O tempo e o vento* é uma das grandes obras épicas do Ocidente moderno e sua grandeza se revela exatamente em sua amplitude, que abarca a diversidade, a complexidade e as contradições de uma sociedade, e em sua capacidade de transformar mentiras históricas em verdades artísticas. Ora, é exatamente isto que define a grande obra de arte!

O tempo e o vento é uma obra extraordinária em seu gênero e, de acordo com as leis que regem as sociedades humanas, obras assim não nascem do nada ou descem do empíreo. Elas carregam em si, transfigurada em símbolo, a experiência secular e não raro milenar de um grupo humano específico, localizado no tempo e no espaço. O romance de Erico Verissimo tem atrás de si – e dele é produto, como já foi dito – o longo processo de nascimento, desenvolvimento, apogeu e decadência da oligarquia rural sul-rio-grandense, nucleada em torno dos grandes estancieiros da fronteira sudoeste, com seus caudatários, e depois concorrentes, das regiões periféricas (Missões, Planalto, Depressão Central, Vacaria do Mar), também dedicadas à pecuária extensiva. Civilização de fronteira, nascida a partir da eliminação brutal da florescente experiência das reduções jesuíticas, e destinada a servir de tampão entre os domínios de Lisboa e Madrid, a nova sociedade consolidou-se rapidamente, a ponto de já na quarta década do século XIX levantar-se audaciosamente e com relativo êxito contra o Império comandado pelos latifundiários cafeeiro-escravistas do Vale do Paraíba do Sul e pelos burocratas herdados de Portugal. Mais do que isto, a sociedade sul-rio-grandense foi a única – à parte o fugaz e fracassado projeto autonomista mineiro do séc. XVIII – a desenvolver, lado a lado com o latifúndio cafeeiro-escravista, não apenas um projeto de poder local como também um verdadeiro projeto de poder nacional, implementado com a Revolução de 30 e a decorrente estruturação do Estado Nacional moderno brasileiro. Não é de admirar – o contrário o seria – que nesta trajetória secular a sociedade dos estancieiros do extremo sul desenvolvesse um sólido e coerente arcabouço ideológico no qual pudesse, ao mesmo tempo, espelhar-se e haurir as forçar necessárias à formação, consolidação e manutenção de sua hegemonia tanto sobre os demais grupos sociais internos quanto contra o Prata e o próprio Império, com o qual sempre manteve uma proveitosa mas não raro contraditória e conflituosa relação em virtude do papel de gendarme de fronteira a ela atribuído e por ela exercido.

Como a *Ilíada* em relação aos senhores feudais jônios dos séc. IX e VIII a.C., e como o cinema de John Ford em relação aos pioneiros do *far west*, *O tempo e o vento* é a reelaboração simbólica – isto é, através de ideias, imagens e lendas – da experiência histórica concreta de um grupo humano do passado, grupo cuja mesma experiência histórica concreta, exatamente através desta reelaboração, se pereniza como arte, superando a transitoriedade do tempo. "O continente" é, indiscutivelmente, a parte em que isto se torna mais evidente.

Não são muito numerosos os grupos humanos que deixaram escritas atrás de si marcas tão indeléveis quanto aquelas da oligarquia dos estancieiros sul-rio-grandenses. Suas sombras, que ainda vagam insones e patéticas pelos CTGs do Continente de São Pedro quais fantasmas a assombrar os sonhos dos pósteros inocentes, estão presas para sempre nas páginas de *O tempo e o vento*. Esta é a função da arte.

12
CYRO MARTINS:
A CLASSE MÉDIA SE POLITIZA

As décadas de 1920 e 1930, como foi visto ao se analisar o conceito de *romance de 30*, se caracterizaram política e culturalmente, no Brasil, pela desagregação da velha ordem oligárquica, ligada, quase sempre, diretamente aos interesses do capital industrial e financeiro da Europa.

Esta desagregação, obviamente, não foi simples reflexo mecânico de eventos externos – as guerras autofágicas entre as burguesias europeias – nem um exclusivo processo autônomo interno – crescimento populacional, aumento dos custos de produção pelo empobrecimento das terras até então cultivadas, industrialização, urbanização etc. Tratava-se, como é regra geral neste campo, de um conjunto de fatores a gerar um conjunto de consequências.

A bibliografia existente a respeito já é suficientemente ampla para dar uma razoável visão de conjunto daquelas décadas, pródromos do Brasil moderno e de suas contradições do presente. No entanto, mesmo que esta bibliografia não existisse, alguém acostumado a ler os sinais dos tempos nos produtos culturais deixados pelos grupos sociais em seu caminho não teria muita dificuldade em captar o "espírito da época".

De fato, com exceção do séc. XVIII na Inglaterra e do séc. XIX na França, possivelmente nenhum período da história moderna do Ocidente foi tão ampla e diretamente fixado em romances. A narrativa produzida no período reflete muito bem a situação de então, quando a irreversível desagregação da velha ordem oligárquica impelia os novos grupos sociais emergentes, e mesmo setores específicos da velha classe dominante, a recomporem a imagem do país, a redescobri-lo, visando compreendê-lo para dominá-lo.

É claro, o *romance de 30* é ora nostálgico, populista às vezes, amargo e radical outras. E tem por base uma profunda e quase completa ingenuidade histórica, o que é refletido formalmente na manutenção integral da fórmula narrativa real-naturalista. Em resumo, o mundo é abarcável, a realidade não "oscila perigosamente" – como diria Montaigne – nem muito menos. E a ação política pode consertar os desacertos. Uma ingenuidade, como algumas décadas depois se constataria.

Na verdade, tudo se passava no âmbito estrito e estreito das cidades da costa e de suas imediações, no quadro geral da visão de mundo subjacente à expansão industrial-capitalista da Europa branca. E urbana, evidentemente. Ninguém emergira[26] da maré europeia e, portanto, a ninguém ainda as estrelas tinham revelado o curso da História.

Os artistas só podiam refletir esta comovente e, talvez, invejável inocência de uma sociedade colonizada e sem alma própria. É em busca desta que os *romancistas de 30* partem, como se fossem os profetas de seu povo. Seus descaminhos – o que cria símbolos nunca tem descaminhos se for dotado da capacidade de organizá-los de forma coerente – seriam apenas os do grupo social em que se encontravam inseridos.

Não há dúvida de que quanto mais ampla for a moldura histórica em que o *romance de 30* for colocado, quanto maior o distanciamento, tanto mais assim ele aparecerá.

Cyro Martins está entre os autores mais expressivos do período. Se a ele e a todos os demais são comuns as características apontadas, elas não mais interessam aqui, apesar de não deixar de ser comovente acompanhar Cyro Martins, de *Sem rumo* a *Estrada nova*, em sua luta para alcançar a linearidade narrativa mais pura,

---

26 Excetuados os gênios precursores de Lima Barreto e Euclides da Cunha. Tão avançados estavam em relação a seu tempo que a tragédia que se abateu sobre suas vidas nos aparece, *a posteriori*, como algo coerente.

típica do romance real-naturalista europeu do período clássico.

Mas o que caracteriza essencialmente Cyro Martins em relação aos demais *romancistas de 30* e, em particular, aos seus pares do espaço sul-rio-grandense é a forma clara e direta como ele mostra a politização da classe média. Nenhum dos *romancistas de 30* expõe tão claramente como Cyro Martins a emergência – sempre no quadro estrito das cidades da costa e de suas imediações – de novos grupos sociais que começam a colocar em questão a ordem vigente até então. Neste sentido, ele é quase didático. Certamente o mais didático de todos eles.

Gerados por novas condições socioeconômicas, no palco das pradarias do sul novos atores entravam em cena e começavam a perturbar o tranquilo desenrolar da peça de um século e meio montada pela oligarquia rural do estado. Nem proprietários nem deserdados – funcionários, técnicos, bachareis, médicos etc. –, eles se *politizam*, no sentido original do termo. Isto é, adquirem uma imagem global do mundo em que estão inseridos.

E esta é uma imagem nova. Nada possui da visão autoglorificadora que a oligarquia decadente tem de si em *O tempo e o vento*, que reúne todos os clichês ideológico que tinham sido a base de sua legitimação e de sua dominação.

Erico Verissimo é o cantor dos feitos heroicos do passado, mentiras históricas transformadas por seu gênio criador em verdade artística. Cyro Martins é o apresentador de novos atores que começam a aparecer em cena e precisam, portanto, negar o passado – que para eles não tem mais importância nem interesse – para firmar-se e sobreviver.

O gaúcho? Talvez nem tenha existido! Patriarcas exuberantes como garanhões, matronas veneráveis e cheias de fibra? E daí? Se por acaso tinham existido, já não interessam mais. O fundamental é a ameaça, presente e atual, gerada pelas injustiças sociais, a necessidade de encontrar condições de trabalhar e de alimentar-se dignamente. Líderes? Ótimo, eram necessários. Mas como eram eleitos? A autenticidade da representatividade política baseia-se no voto secreto. Então, que vigore o voto secreto!

Como principiantes, estes novos atores do palco do imaginário são ingênuos. Como ingênuos eram os atores do plano da história real, empírica. As personagens de Cyro Martins não mostram, por exemplo, conhecimento mais aprofundado das estruturas de poder, ao contrário do que ocorre em *Memórias do coronel Falcão*, de Aureliano de Figueiredo Pinto, onde a crise da oligarquia rural sul-rio-grandense é vista a partir de dentro.

Mais ainda: não conseguem libertar-se totalmente do passado. Uma aura de simpatia envolve o coronel Teodoro, de *Estrada nova*. É natural que o coronel Falcão seja visto simpaticamente, se bem que nostalgicamente, por Aureliano de Figueiredo Pinto. Mais natural ainda é a presença de heróis e heroínas exemplares em

O tempo e o vento, pois Erico Verissimo jamais coloca em questão ideologicamente o passado, aceitando-o como verdade pacífica, tornando-o lendário e, assim, prestando o maior dos serviços à visão de mundo da classe dominante da qual procedia. Como Ésquilo na *Orestíada*.

Contudo, que Cyro Martins se deixe envolver pela nostalgia é uma contradição. A contradição dos que ascendem e se politizam, sempre no sentido original do termo, não conseguindo fugir à irresistível magia do poder e de suas vantagens. Mesmo que em postos delegados e periféricos. Naquele e nestas, afinal, é que está a mola dos conflitos sociais.

Com o tempo, os grupos sociais, de que Cyro Martins é a voz, tenderiam a radicalizar-se e a tomar o poder. Ou a serem exterminados.

Não foi isto que aconteceu, pelo menos em termos socialmente significativos. Aliás, eles nem precisaram perder completamente a inocência. Com um certo desencanto, eles foram sendo assimilados pela crescente industrialização e passaram a gozar de algumas vantagens nada desprezíveis como cidadãos alfabetizados e, quase sempre, tecnicamente especializados de um país extenso e rico. Tão extenso e rico que, como já dizia o padre Vieira, pode dar-se o luxo de ser pilhado vinte e três horas por dia e crescer na restante o suficiente para absorver a parcela mais esclarecida e/ou perigosa do corpo social. Para *cooptar*, como se dizia até há pouco no surrado chavão dos "cientistas sociais".

Era inevitável que assim fosse numa nação que possui fronteiras agrícolas tão extensas que podem ser distribuídas, como numa quermesse, a todo o mundo, no sentido literal do termo. Quando elas acabarem talvez comece uma nova história. Mas a Cyro Martins – como a seus pares, os *romancistas de 30* – coube ser a voz de outro tempo. Muito simplesmente: a voz do tempo em que viveram.